für Gini

Magic creatures & legends

Inara Estell Pflüger

Impressum

Inara Estell Pflüger
Magic creatures & legends

ISBN 9783758313905

Copyright ©Inara Estell Pflüger 2023

1.   Auflage Paperback
Erscheinungsdatum 2023
Herstellung und Verlag:
BoD – Books on Demand, Norderstedt

Bibliografische Information der Deutschen
Nationalbibliothek: Die Deutsche Nationalbibliothek
verzeichnet diese Publikation in der Deutschen
Nationalbibliografie; detaillierte bibliografische Daten
sind im Internet über dnb.dnb.de abrufbar.

Foto: Privat, Sichtblickfotographie,
Emotialarts, Henrike März, ma.digrafie

Diese Zeilen sind entstanden, um ein wenig Freude zu bringen, Ablenkung. Gini war meine linke Hand, die mir direkt aus dem Herzen sprach und viele genau da berührte. Ihre Freude über einen alten Zeitungsbericht mit einer Geschichte von Inara, die sie mit 10 geschrieben hatte, inspirierte zu weiteren Geschichten. Und so schrieb die eine, und die andere las. Und es war für beide etwas Besonderes.

C. Pflüger

Diese Geschichten
sind für alle Krieger
deren Kraft sich
dem Ende neigt.
Für alle Kämpfer,
deren Kampf noch
nicht zu Ende ist.
Für alle Soldaten,
die auch Frieden
verdienen.

Inhaltsverzeichnis

Rabenlicht

Die junge Hexe Ainee wird seit Monaten gejagt. Sie flüchtet durch Wälder und durch hohe Gebirge, da sie sich nicht den grausamen Pflichten beugen will, die der König allen Frauen auferlegt. Ihr bester Freund Roan, ein schwarzhaariger Wandler, begleitet sie. Roan war immer für Ainee da gewesen, wie ein Licht im Dunklen, auch wenn ihr Leben in manchen Zeiten noch so schwer gewesen war. In der Tiefe eines Kiefernwaldes, nach zwei Tagen andauernder Flucht, entdeckte Roan eine kleine versteckte Höhle. „Fliegst du los und kundschaftest die Gegend aus? Nicht dass wir überrascht werden und die Männer des Königs uns hier finden?", fragte sie ihren Freund, der zwar auch müde war, aber sofort nickte, sich verwandelte und losflog. Ainee setzte sich an den Rand der Höhle, packte ihr kleines Kissen aus und legte es auf die Steine, um sich darauf zu legen. Kaum hatte ihr Kopf es berührt, war sie schon eingeschlafen.

„Verdammt Ainee, wach endlich auf!", drang die Stimme ihres Freundes an ihr Ohr und sie spürte, dass er sie wie verrückt rüttelte. „Hm,  warum weckst du mich so grob? Ich war froh, dass ich einmal richtig ohne Albträume geschlafen habe", murrte Ainee und richtete sich langsam auf. „Na endlich. Ich dachte schon, ich bekomme dich nie wach. Es ist wirklich wichtig, denn ich habe etwas Schreckliches entdeckt", sagte er hastig und blickte sie aufgeregt an. „Nun sag schon!", sagte sie ungeduldig. Sie war noch sehr müde durch den dauerhaften Schlafmangel der letzten Tage. „Der König hat alle Hexen und auch viele Frauen eingesperrt, oder sie gezwungen sich den Gesetzen zu unterwerfen", sagte er. Man sah ihm deutlich an, dass ihm das sehr missfiel. Ainee ballte vor Zorn die Fäuste. Sie musste etwas tun, entschied sie.

„Wo werden sie gefangen gehalten?", fragte sie ihn aufgebracht, auch wenn ihr Zorn sich nicht gegen ihn richtete. „Das werde ich dir nicht sagen, da ich genau weiß das du dort sofort hingehen würdest, um sie zu befreien. Du würdest dich mit so einer Aktion nur selbst in Gefahr bringen und das kann ich nicht zulassen. Ich kann dich einfach nicht verlieren, du bist zu wichtig für mich", sagte Roan flehend. Ainee sah ihn mit freundschaftlich liebendem Blick an, sagte aber mit entschlossener Stimme: „Ich mag wichtig für dich sein und wir sind weit gekommen bis hierher, doch ich kann alle anderen, die sind wie ich, nicht im Stich lassen". Tränen traten Roan in die Augen, als er das hörte, was er längst gewusst hatte. Seine beste Freundin würde lieber sich selbst aufgeben, als andere im Stich zu lassen. Vor allem wenn es um andere Hexen ging. Er erinnerte sich nur zu gut daran, wie er sie vor einem Jahr hatte retten müssen. Sie war auf eigene Faust einfach losgezogen, um eine Hexenfreundin aus dem Gefängnis zu retten. Roan hatte sie damals, nachdem er sie wochenlang gesucht hatte, in schlechtem Zustand in einem

Gefängnis des Königs gefunden. Mit Mühe und Not hatte er sie befreien können. Doch dafür wurde er nun selbst zum Gejagten. Er wollte sie einfach nicht verlieren. Doch egal was er tun würde, sie würde trotzdem versuchen die Hexen zu retten. Er wandelte sich wieder in einen Raben, da er in dieser Gestalt am besten einen Plan ausarbeiten konnte. Roan hat es aufgegeben, sie zu überreden. Er wollte sich nicht streiten. Er konnte auch einfach helfen und so dafür sorgen, dass ihr nichts passierte. Elegant flog er auf ihren Arm und sie gingen beide aus dem Unterschlupf, um in der kühlen Waldluft nachzudenken. Nach einer Weile des Schweigens sagte Roan „Wenn du Magie anwenden würdest du, um uns unsichtbar hineinzuschleusen, mit Magie die Schlösser der Gefangenen brichst und ich die

Wachen dort ablenke, könnte es möglich sein die Gefangenen zu befreien." Ainee sah ihn mit einem Lächeln an: „Diese Idee ist mir auch schon gekommen, es ist schön, dass wir so miteinander im Einklang sind. Wir haben dieselben Ideen. Trotz deiner Zweifel und deiner Sorgen hilfst du mir dabei. Du bist wirklich ein Licht in der Dunkelheit für mich." Roan krächzte sie in seiner Rabengestalt an und lenkte ihre Aufmerksamkeit auf das schwindende Tageslicht. Jetzt, als es fast dunkel war, sollten sie ihr Vorhaben beginnen. Die Wachen könnten die Magie, die sie anwenden würde, so nicht so leicht bemerken. Mit einem Zauber zum schnellen Reisen rasten die Bäume des Waldes an den beiden vorbei, sodass sie geschwind in der Nähe des Gefangenenlagers ankamen. Roan blieb in seiner

Rabengestalt um die Wachen von der Magie, die Ainee wirken wollte, abzulenken. Um sie unsichtbar ins Gefängnis zubringen, musste sie einen besonderen Spruch sprechen. Sie sagte diese besonderen Worte und die beiden wurden sofort unsichtbar. Auf leisen Sohlen schlichen sie sich an das Lager heran und huschten vorbei an den ahnungslosen Wachen ins Innere des Gefangenenlagers. Roan flog ein Stückchen voraus, um die Gefängniskäfige zu finden. Er flog quer durchs Lager und fand so schnell den Ort, wo die Frauen und Hexen gefangen waren. Mit schnellen Flügelschlägen flog er zurück zu Ainee und landete auf ihrer Schulter. „Die Hexen und Frauen sind auf der anderen Seite des Lagers in Käfigen, die an Seilen über der Erde hängen, eingesperrt. Es sieht furchtbar aus und macht deutlich, dass der König dieses Landes noch schlimmer geworden ist, als noch vor einem Monat", flüsterte er ihr entsetzt ins Ohr. Ainee war geschockt, sie hatte geglaubt, dass die Hexen vielleicht in einem Raum gefangen sein würden. Aber dass sie in Käfigen über der Erde hingen, war noch viel schlimmer. Mit vorsichtigen Schritten lief sie mit Roan auf ihrer Schulter durch das große Lager, um zu den Käfigen zu kommen. Als sie die Käfige erreichten überlegte sie kurz, was für ein Zauber den wenigsten Lärm machen würde. Je länger sie überlegte, desto mehr wurde ihr bewusst, dass jeder Zauber zum Brechen von Schlössern das ganze Lager wecken würde. Bevor sie sich den Schlössern widmete, wirkte sie schnell noch einen Zauber, der den Boden unter den über der Erde hängenden Käfigen so weich wie Watte machte. Roan flog los, um die Wachen abzulenken. So konnte Ainee den Zauber für die Schlösser wirken. Sie sammelte sich, sprach den Spruch und beinahe sofort sprangen alle Türen der Käfige mit einem Knall auf. Die Hexen und Frauen kletterten sofort aus den Käfigen und landeten weich auf dem wattigem Boden. Ainee wirkte den Unsichtbarkeitszauber, so konnten sie unbemerkt fliehen. Noch während dieses Zaubers, hörte sie, die Wachen angerannt kommen. Sie half ihren Schützlingen schnell hoch. Die Ablenkung Roans hatte also nicht lange geholfen. Sie entschied sich, die Wachen abzulenken, bis die anderen das Lager verlassen hatten. Ihr war bewusst, dass sie dabei gefangen genommen werden könnte, aber darüber machte Ainee sich in diesem Moment keine Gedanken. Ihre Entschlossenheit den Hexen die Flucht zu ermöglichen, löschte jeden Gedanken an sich selbst in ihr aus. Als die Wachen bei ihr ankamen, hatte sie schon einen Vereisungszauber auf den Lippen und war bereit in auszusprechen. Die Magie in ihr wallte auf. Als sie den Spruch sprach, schoss es aus ihr hervor und die Wachen erstarrten sofort zu Eis. Doch bevor sie nun selbst flüchten konnte, flammte der Boden um sie herum fast einen Meter hoch auf. Erschrocken fuhr sie herum und sah zu der Stelle, von der die Magie gekommen war. Sie sah, dass der König selbst ein Magier war. Er kam hinter dem nächsten Zelt hervor gelaufen. In der Hand hielt er ihren Freund an einem Flügel. Roan versuchte sich zurückzuverwandeln, konnte es aber nicht, weil der König mit seiner Magie die

Verwandlung blockierte. Er ließ ihn fallen. Roan war nicht in der Lage, sich zu verwandeln, bis er ihn entließ. Roan flog sofort zu Ainee in den Feuerkreis und landete auf ihrer Schulter. Ainee wusste, dass sie nur noch zwei Möglichkeiten hatte. Entweder ließ sie sich festsetzen oder sie löste ihre Seele von ihrem Körper. Festsetzen war eigentlich keine Option für sie. Sie war froh, im Moment frei zu sein. Zumindest so frei wie man es in diesem furchtbaren Land sein konnte. Vor der zweiten Option hatte sie Angst, da sie wusste, dass sie ihren Freund hier zurücklassen musste. Sie konnte nicht sicher sein, ob sie seine Seele wieder findet, wenn ihre Seele viele Jahre später, wieder in einen neuen Körper gehen würde. Die zweite Variante war auch eine Chance für sie, denn wenn ihr neuer Körper alt genug war, sich von ihr steuern zu lassen, hätte sie vielleicht die Möglichkeit diese grausige Herrschaft dieses Landes zu beenden oder zu beeinflussen. Vielleicht haben die Männer und Magier der  Zukunft sich verändert bis dahin. Ainee sah ihren Freund, der immer ein Licht für sie gewesen war, an. Er las an ihren Augen ab, wie sie sich entscheiden würde und erkannte, dass sie die Entscheidung ihm überlässt. Es machte in traurig und glücklich zugleich, dass sie ihn einfach über ihr Leben entscheiden ließ. Roan wollte sie nicht verlieren, aber auch er wollte nur das Beste für sie und die Welt. Also nickte er ihr traurig zu. Damit war klar was Ainee tun würde, auch wenn sie sich dadurch vielleicht nie wieder sahen. Beide klammerte sich an die Chance sich wiederzusehen, wenn Ainees Seele wiedererwachte. Vielleicht tauchte zu diesem Zeitpunkt seine ebenfalls auf und sie könnten dann vielleicht die Schreckensherrschaft dieses Landes beenden. Ainee wirkte, um die Chance eines Wiedersehens zu erhöhen, noch einen Seelenverbindungszauber. Sie hoffte, ihre Seelen würden sich so irgendwann wiederfinden. Roan spürte den Zauber und lächelte über die Chance eines Wiedersehens, die Ainee ihnen dadurch ermöglicht hatte. Noch ein letztes Mal sonnte sie sich in Roans Lächeln und seiner Freundschaft, einer Freundschaft und einem Lächeln die nur ihr galten. Sein Licht holte ihre Seele aus der Dunkelheit. Ainee atmete ein letztes Mal tief durch, ließ ein Symbol an ihrer Stirn aufleuchten und sprach den Spruch, der ihre Seele vom Körper löste.

Ende

Der Drache deiner Seele

Es war einmal ein Mädchen, das tief im Wald lebte. Es war sehr schön und konnte den Wald nicht ohne die Liebe eines Prinzen verlassen. Sie war eigentlich eine Prinzessin, die verflucht worden war. Ihr Fluch war es, im Wald leben zu müssen, bis ein Prinz es schaffte, den Wald zu betreten und sie zu befreien. Das Mädchen wollte nicht länger allein im Wald sein, auch wenn sie ihn zu mögen begonnen hatte. Sie wollte frei sein. Selbst entscheiden, wen sie liebte und heiratet. Sie setzte sich eines Tages auf den Boden vor ihren Lieblingsbaum, um nachzudenken wie sie sich allein befreien konnte. Sie spürte den Boden unter ihren Beinen und fühlte das sanfte Wehen des Windes auf ihrer Wange. Die Vögel zwitscherten und sie hörte in der Nähe Rehe grasen. Die

Sonne schien auf ihr Gesicht, während ihre Gedanken immer weiter abdrifteten und sie schließlich unter dem Baum einschlief. Sie träumte, dass sie auf einem Feuerdrachen über einen Wald Richtung Berge fliegen würde. Sie klammerte sich im Traum am Drachen fest, da sie Angst hatte herunterzufallen. Sie war gleichzeitig froh, endlich aus dem Wald heraus zu sein, auch wenn es nur im Traum war. Der Drache fing an Feuer zu spucken. Diese Wärme prickelte auf ihrer Haut. Unter ihr entfernte sich die Erde und mit ihr alle Sorgen der gefangenen Prinzessin. Sie fühlte sich einen Moment lang frei. Eine Wolke schob sich vor die Sonne. Ein Regentropfen traf ihr Gesicht und lief an ihrer Wange hinab. Es fing an zu stürmen und die Prinzessin genoss es, im Auge des Sturms zu sein und doch sicher auf dem Rücken des Drachens zu sitzen. Wind wirbelte ihre Haare in die Luft. Der Regen prasselte auf ihr Gesicht und der Sturm pfiff ihr um die Ohren. Sie war selbst wie ein Drache. Die beiden wurden eins. Das Unwetter beruhigte sich langsam, und das Gefühl ein Drache zu sein blieb in ihrem Herzen. Die Prinzessin wusste, dass sich im Wald etwas verändert hatte und erwachte mit einem Ruck. Vor ihr stand die Zauberin, die sie verflucht hatte. „Prinzessin du bist die erste deiner Art, die es geschafft hat, eins mit dem Drachen im Traum zu werden und dich dort wohlzufühlen in einem mächtigen Sturm. Du hast es geschafft dir einen eigenen Weg hier herauszusuchen. Du darfst den Wald nun verlassen als erste Prinzessin, die es geschafft hat, ihre Angst und Verzweiflung zu besiegen", sagte die Zauberin und lächelte. „Du wirst eine gute Königin werden, denn nur wer meine Prüfung besteht, darf herrschen. Nun geh, Prinzessin." Die Prinzessin war erst verwirrt von den vielen Worten, verstand aber, dass sie sich selbst befreit hatte. Sie winkte der Zauberin, wenn auch zögernd, noch einmal zu, ehe sie den Wald verließ. Als ungetrübtes Sonnenlicht auf ihre Haut fiel war sie unglaublich glücklich und fühlte sich frei.

Zwei Jahre später heiratete sie den Jungen, den sie vor ihrer Gefangennahme geliebt hatte und wurde eine gute Königin, wie die Zauberin es gesagt hatte. Die Prinzessin hatte am Ende ihrer Zeit im Wald begriffen, dass man sich selbst nicht aufgeben durfte und die Angst nicht gewinnen darf. Und das Alles hatte sie nur durch ihreÜberwindung der Angst im Traum gelernt. Sie gab diese gelernte Weisheit an viele verängstigte Wesen im Land weiter, damit auch sie nicht aufgaben und die Angst gewinnen ließen. Und sie wollte, dass alle

Wesen, egal wo sie sich befanden, auch von dieser Weisheit erfuhren. Sie sollten weiter für sich selbst kämpfen und nicht aufgeben. Denn eines wusste die Prinzessin: Der Drache aus ihrem Traum steckte in jedem Wesen und würde auch immer denen, die mutig genug waren, den Weg in die Freiheit und aus ihren Ängsten hinaus zeigen.

Ende

Die ehrenhaften Handlanger des Diebes

Vier kleine Ziegen rannten eines Tages über eine Wiese und suchten nach etwas Hafer zum Essen. Sie suchten und suchten und fanden stattdessen einen Jungen, der auf einem Baumstamm liegend Flöte spielte. „Hast du Hafer?", fragte die eine Ziege ihn und stupste ihn an. Der Junge blickte auf und sagte: „Natürlich habe ich Hafer, so wie jeder der auf dem Land lebt. Ihr könnt etwas Hafer haben, wenn ihr meine Handlanger werdet." Die Ziegen nickten alle und waren sich einig, dass sie Alles für etwas Hafer tun würden. „Na dann lasst uns aufbrechen. Den Hafer bekommt ihr nach dem Diebstahl", sagte der Junge frech grinsend. Die Ziegen rannten ihm hinterher, während er Richtung des Dorfes ging zu den Adelshäusern. Kaum angekommen sagte er zu ihnen: „Lenkt die Wachen ab, ich gehe rein." Der Junge kletterte über die Mauer, während die Ziegen die Wachen hinter der Mauer mit ihrem Gemecker ablenkten. Kaum das der Junge eine Menge Gold entdeckt hatte, schnappte er sich es und sah im selben Augenblick noch eine kleine Schmucktruhe mit Diamanten. *Damit könnten meine Freunde und ich uns für den Rest unseres Lebens versorgen*, dachte er und nahm sich auch diese, als er eine Wache sich der Schatzkammer nähern hörte. Schnell sprang er zum Fenster und kletterte von dort aus die Rohre hinunter. Unten angekommen, kamen die Ziegen zu ihm und sie flohen gemeinsam. „Was willst du mit all den Sachen machen?" fragte eine der Ziegen. „Für mich und meine Freunde behalten, um uns aus der Armut zu holen und ein wohlständiges Leben zu führen", antwortete der Junge. „Das ist aber unfair den anderen Menschen im Dorf gegenüber.

Die hungern ja auch. Wie wäre es denn, wenn du den armen Leuten in diesem Dorf das gibst, was du jetzt gestohlen hast? Du bestiehlst weiter die Adeligen überall und verteilst das Gold dann wieder an die Armen.

Dann wärst du ein Held und würdest für deinen Großmut den Armen gegenüber immer einen Teil behalten können. Gleichzeitig würdest du im Namen der Armen die Adeligen bestrafen, da sie das Volk hungern lassen und selbst im großen Überfluss leben", sagte eine andere Ziege und sah den Jungen fordernd an. Der Junge überlegte einen Moment und fragte dann „Würdet ihr denn weiterhin meine Handlager bleiben?" „Natürlich, aber nur solange wir jeden Tag Hafer bekommen", meckerte die vierte Ziege lautstark. Der Junge lachte laut und ging dann direkt zu den den anderen Bewohnern des Dorfes, die ihn neugierig beobachteten und teilte das Gold und die Diamanten gerecht unter ihnen auf. Jetzt hatten sie alle genug, um ihre

Läden und Höfe zu verbessern und mussten nicht mehr hungern, weil die Adeligen sie nicht mehr jeden Tag bis zum letzten Cent ausbeuten konnten. Der Junge ging zurück zur Wiese mit den Ziegen und lies sich wieder auf dem Baumstamm nieder. Er würde sich ausruhen bis zum nächsten Tag, und dann wieder mit den Ziegen losziehen und für Gerechtigkeit sorgen. Er zog seine Flöte heraus und spielte den Ziegen etwas vor, bis sie sich hingelegt hatten, ehe er ihnen den versprochenen Hafer gab. Die Ziegen entschieden, dass es ihnen bei dem Jungen gefiel, und genossen das Spielen der Flöte und den Hafer.

Ende

Warum Drachen böse sind

Es war einmal vor 1000 Jahren, da lebte in einem Gebirge weit in der Ferne ein junger Drache, der einmal der König aller Drachen werden sollte. Doch er sehnte sich nach etwas, dass er hier nicht finden konnte. Jeden Tag sah er zum Horizont und keiner der anderen Drachen konnte herausfinden, was sein Herz bewegte. Viele hundert Kilometer entfernt, tief unter der Erde, lebte ein junges Mädchen, eingesperrt in einem Zimmer, das eher einem Kerker glich. Es gab nichts, was sie sich sehnlichster wünschte, als ihre Freiheit. Das Mädchen erwachte aus einem Albtraum und sah in die Augen eines Wachmannes. Dieser musste sie geschlagen haben, um sie zu wecken. Ihre Wange schmerzte und war rot „Was soll das? Reicht es nicht, dass ich eingesperrt bin? Müsst ihr Wachen mich jetzt auch noch foltern?", fauchte sie und schob den Wachmann zur Seite. Sie zog sich an und setzte sich anschließend wieder auf das Bett. „Ist sie wach?", kam die böse Stimme ihres Vaters von außerhalb des Zimmers. „Ja, sie wurde etwas unsanft geweckt", gab eine der Wachen zurück. „Gut, bringt sie auf der Stelle in mein Arbeitszimmer", er klang fast erfreut darüber, dass ihr wehgetan worden ist. Das Mädchen hatte sich nur eine einfache Hose und ein Hemd übergezogen. Sie wusste, dass sie jetzt eines der furchtbar engen Kleider anziehen musste, die täglich für sie bereit lagen. Ihre Beine bewegten sich von ganz alleine ins Badezimmer und sie fing an sich eines der Kleider anzuziehen. Hoch oben in den Bergen verwandelte sich der Prinz der Drachen in seinen

Avatar und schrieb gemeinsam mit seinem Vater, dem jetzigen König der Drachen, einen Brief an den König der Menschen. Mit diesem Schreiben wollten sie den den grausamen König dazu zu bewegen, endlich mit der Drachenjagd aufzuhören. Die Drachen könnten die Menschen mit einem einzigen Angriff versklaven, doch sie taten es nicht. Sein Vater war sehr wohl geneigt einfach anzugreifen, um die Menschen dafür zu bestrafen, dass ihr Anführer Drachen jagen ließ. Der Prinz faltete den Brief und blies ihn mit einer Brise ins Reich der Menschen, hin zu deren königlichem Oberhaupt. Dann verwandelte er sich, um mit seinem Vater für die Friedensverhandlung ins Reich der Menschen zu fliegen. Eine Horde Drachenwachen folgte ihnen, um sie vor Gefahren zu bewahren. Das Mädchen wurde von den Wachen nach oben gezerrt, wo ihr Vater eine seltsame Plattform aufbauen ließ. „Was willst du von mir?", fauchte sie. „Leide ich etwa nicht genug, unter deiner Bosheit?" „Nein, du leidest in meinen Augen nicht genug! Du stammst von dieser Küchmagd ab und bist mein einziges Kind, dass einfach nicht böse werden will. Du wirst jetzt an den Drachenprinzen verkauft, um den Frieden herzustellen", sagte er mit einem bösen Unterton. Er schien irgendwas zu planen. In dem Moment als sie etwas erwidern wollte, hörte sie das Rauschen von Flügeln. Der Drachenprinz landete und spürte sofort, dass das wonach sich seine Seele verzehrte und nachdem er immer Ausschau gehalten hatte, in diesem Palast war. Der König der Menschen trat vor und sprach mit dem Drachenkönig, der ebenfalls gelandet war. Die beiden Drachen verwandelten sich in ihre Avatare. Der Menschenkönig trat vor und ließ die Prinzessin von den Wachen zu den Drachen in die Nähe des Wasserfalls bringen. Der Prinz der Drachen spürte sofort, dass er seine Seelengefährtin vor sich hatte. Er sah das Mädchen an, dass sich im Griff der Wachen wehrte. Der Prinz half ihr, und das Mädchen lächelte ihn dankbar an. Es war das erste Mal frei. Ihr Vater hielt schon die ganze Zeit eine Hand hinter dem Rücken versteckt und ging auf den Drachen König zu. Er sagte leise etwas zu ihm und ging dafür ganz nah an ihn heran. Dann nahm er die Hand hinter dem Rücken hervor und rammte dem König der Drachen ein Messer ins Herz. Der König sackte zusammen und wurde zu einem Zauberer, wie es bei Drachen der Fall war, wenn sie von Menschenhand getötet wurden. Der Zauberer wurde sofort in Gewahrsam genommen und abgeführt. Der Prinz der Drachen brüllte wütend auf und verwandelte sich wieder in einen Drachen.

Eine der Wachen stieß in diesem Moment das Mädchen vom Felsen und sie fiel in die Tiefe. Doch sie war glücklich. Sie konnte die letzten Augenblicke ihres Lebens frei sein. Der Prinz der Drachen wurde vor Zorn schwarz und böse. Er versklavte fast alle Menschen und suchte nach der neu geborenen Seele seiner Seelengefährtin, die er verloren hatte. Durch seine Verwandlung wurden alle Drachen böse. Nur die Zauberer, die einmal Drachen waren, sorgten dafür, dass sich einige Menschen unter einer Kuppel vor den jetzt bösen Drachen retten konnten. Der Prinz der Drachen nahm sich junge Mädchen als Gefangene, dies besänftigte sein Gemüt für eine Weile, um nicht einfach die ganze Welt zu zerstören vor Zorn. Er wurde immer böser, genauso wie alle Drachen durch ihn böser wurden. Bis heute ist seine Seelengefährtin nicht wieder geboren worden. Die Welt kann erst wieder in Ordnung kommen, wenn sein Zorn versiegt und die Drachen wieder gut werden. Und dass wegen eines bösen Königs, der seine Tochter tötete und die Menschen dazu verdammte, bis zum Tag der Rückkehr der Seele seiner Tochter versklavt zu bleiben.

Ende?

Der Fluch der Aurora

Ich bin Melia und das ist meine Geschichte.

Ich bin die Tochter von Maleficent und meine Geschichte ist nicht die meiner Mutter. Ich war gerade einmal acht Jahre alt, da eröffneten die Schwestern meiner Mutter mir, dass sie sie eingesperrt hatten. Sie wollte die Menschen jetzt doch vernichten, hieß es. Ich hatte ihnen nicht geglaubt, was im Nachhinein richtig gewesen war. Wir lebten zusammen frei in der Natur, mit all unserer Magie und wollten nur friedlich mit allen Wesen in Verbindung stehen. Doch das würde jetzt vorbei sein, die Feen, die Schwestern meiner Mutter, sie würden mir diese Freiheit nehmen. Am nächsten Tag kamen sie zu mir, wollten mit mir reden und etwas verlangen, dass meine Mutter nicht gut gefunden hätte. „Melia Maleficent" hörte ich vom Eingang meines Versteckes die älteste Schwester rufen. Sie suchte mich wie die anderen. Diese Feen waren nicht dieselben, die in der Geschichte von Maleficent beschrieben worden sind. Sie waren alles andere als gut. Meine Mutter hatte sich, nachdem Aurora wieder erwacht war, in die Natur zurückgezogen, um sich zu ändern. Vor allem da Aurora ihr verziehen hat. Mit diesem Gefühl der Liebe im Herzen, war es meiner Mutter möglich, ein Kind zu bekommen, mich. Ihre Schwestern hatten das nicht gutgeheißen und waren neidisch. Jetzt hatten sie sie eingesperrt, für etwas das sie früher einmal gewollt hatte: die Menschheit vernichten. Doch sie wollte nur noch eins, bei mir sein. Die Feenschwestern wollten dies nicht, sie wollten, dass meine Mutter für ihre Taten bezahlte, egal ob Aurora ihr verziehen hatte. Sie wollten dafür sorgen, dass alle Nachkommen meiner Mutter ihrem Schicksal folgen sollten. Ewig im Gefängnis eingesperrt würde sie mit ansehen, wie ihre Kinder und Enkel immer während einen Fluch über die

Nachkommen von Aurora sprechen mussten. Ihr Fehler würde immer wieder und wieder durch ihr eigenes Fleisch und Blut begangen werden und sie schmerzlich erinnern, wie falsch sie damals lag. Da wollten ihre Schwestern noch

verhindern, was Aurora geschah. Jetzt waren sie wütend und neidisch, wollten selbst Kinder haben, obwohl sie nicht mehr in der Lage waren so zu fühlen, wie jetzt meine Mutter fühlte. Sie wollten das Aurora ihnen ebenfalls half, doch sie weigerte sich. Die Feen hatten damals den Fluch gemildert, den Maleficent gesprochen hatte. Aber Aurora hatte sich entschieden zu verzeihen und damit tiefe Gefühle geweckt. Den anderen Feen hatte sie nur gedankt und ihnen gesagt, dass sie der jungen Maleficent hätten, mehr zur Seite stehen müssen. Das hatte die Feen sehr erzürnt. Jetzt wollten sie nur noch Rache und ihnen war egal, dass auch Auroras Nachkommen immer wieder das Gleiche erleben müssten wie sie. Aber das würde ich nicht zulassen! Die älteste Fee kam in mein Versteck und schaute grimmig. „Melia, komm sofort mit. Lass diesen Blödsinn hier und hör auf dich zu verstecken!", sagte sie zornig. Ich war wütend und stampfte mit dem Fuß. „Ich habe gehört, was ihr vorhabt. Ihr wollt, dass ich denselben Fluch über Auroras Neugeborenes lege wie meine Mutter damals über Aurora!" Sie lachte böse, schien etwas überrascht und kam auf mich zu. Im selben Augenblick ging ich bewusstlos zu Boden. Wenig später öffnete ich stöhnend die Augen und sah in das Gesicht dieser hinterlistigen Fee. „Steh auf", sagte sie und stellte mich ruckartig auf meine Füße. Ich sah mich langsam um und bemerkte, dass ich mich in einem Schloss befinden musste. Es konnte nur Auroras Schloss sein. Ich hatte Recht. In einiger Entfernung entdeckte ich den Thron und die Wiege mit dem Neugeborenen davor. Ängstlich wollte ich zurückweichen, aber eine andere Fee schob mich direkt zu der Wiege hin und flüsterte mir ins Ohr: „Entgegen der Tradition wirst du als jüngste zuerst den Segen sprechen. Aber es wird kein Segen sein, sondern ein Fluch, so wie ihn deine Mutter damals sprach. Danach kannst du verschwinden und wir sprechen in Ruhe unseren Segen. Dich fangen wir später wieder ein." Zitternd stand ich vor der Wiege und blickte das süße Baby darin an. Entschlossen öffnete ich den Mund und sprach keinen Fluch. Ich tat das, was ich nicht hätte tun sollen. „Ewige Liebe sollst du finden und für immer Wärme in deinem Herzen tragen", sagte ich mit fester Stimme und sah dabei Aurora fest in die Augen. Sie lächelte mich an, als sie diesen Segen hörte. Die Feen hinter mir atmeten zornig ein und sofort wurde ich zur Seite gestoßen. Nun sprach die Älteste der drei Schwestern und was sie sagte, ließ mir mein Blut gefrieren. Sie verfluchte das Baby und die anderen Feen nach ihr verschlimmerten den Fluch nur immer mehr mit ihren Worten. Das Kind sollte verflucht dazu sein, dunkle Kräfte zu entwickeln und Hass auf alles Übernatürliche zu entwickeln. Das schloss auch die Feen mit ein, aber das war ihnen in diesem Moment egal. Ich hüllte mich in Schatten ein, wie meine Mutter es mir gezeigt hatte und verschwand aus dem Schloss. Sie würden dem Königspaar einflüstern, dass ich die Schuld für dieses Schicksal trug. Und dabei wusste ich gar nicht, was ihr wahrer Plan gewesen war. Sechzehn Jahre später wollte das nun herangewachsende Kind alle Feen im Schloss sehen. Als Fee war ich noch nicht volljährig, das dauerte noch zwei Jahre. Ich sah auch deutlich jünger aus und war auch noch nicht unsterblich. Erst mit Eintritt der Volljährigkeit würde der Alterungsprozess enden. Ich konnte den anderen Feen noch nicht widersprechen. Zu sehr hatten mich die Ereignisse damals beeinflusst und entmutigt. So folgte ich ihnen wortlos, so wie schon seit Jahren. Ich stand unter ihrem Einfluss und hatte viel zu sehr Angst. Als wir das Schloss betraten fiel mir die junge Prinzessin sofort auf. Sie sah ihre Familie liebevoll an, doch uns betrachtete sie schon von weiten mit Abscheu. Noch bevor wir sie erreichten, erhob sie die Stimme. „Fee Melia, ich hörte Ihr habt mich verflucht mit Dunkelheit und Hass. Ich werde es euch heimzahlen, nur viel schlimmer! Ich dachte zuerst an Dunkelheit und wollte euch nur einsperren lassen. Aber ich trage so viel schmerzlichen Hass in mir, ich möchte euch ewiges Leid zuzufügen. Der Fluch, den deine Mutter über meine sprach, hat mich inspiriert und ich werde diesen benutzen und noch verschlimmern." Erschrocken taumelte ich einen Schritt zurück. So viel Hass kann doch nicht in einer Person sein! Das, was sie mir vorwarf, hatte ich nicht getan, sondern die anderen Feen. Aber das konnte sie nicht wissen. Bevor ich etwas sagen konnte, zog Dunkelheit auf, die sie umfing und sie begann ihren Fluch zu sprechen. „Ewig sollst du schlafen und Schmerzen an Körper und Seele spüren, unerreichbar für Befreier, soll nur wahrhaftige Liebe zweier Seelen füreinander dich befreien. Der Fluch ausgelöst von einer Nadel spitz und fein wird für die Ewigkeit sein," sagte sie und lächelte mich böse an.

Eine Welle der Macht floss durch mich hindurch und riss mich fast von den Füßen. „Dieser Fluch wird sich nie lösen, denn niemals wird dich jemand lieben können." Sollte sie Recht haben? Ich habe doch meine Mutter, die Tiere im Wald und die Natur sie liebte ich und sie mich! Sie hatte keinen Zeitpunkt des Fluches genannt und ich wollte mich in Schatten hüllen, um zu verschwinden. Noch nicht ganz im Dunkeln verschwunden, drehte ich mich um, als mich von hinten etwas Spitzes traf. Ich nahm wieder meine Form an und sah die kleine Armbrust, mit der sie auf mich mit einer Nadel gezielt hatte. In Sekundenschnelle ging ich zu Boden und schwor mir im letzten Augenblick niemals so einen Hass für sie zu empfinden wie sie für mich.

Tief in einem Wald erwachte eine große, schwarze Katze aus einem schrecklichen Traum. Erschrocken sah sie sich um. Es war so real, als wäre sie dabei gewesen. Sie spürte einen starken Schmerz in ihrer Schulter und wie sich Schwärze um sie ausbreitete. Sie ging zu Boden...

Ende?

Nacht der Veränderung

Die Dunkelheit der Nacht liegt noch tief über dem Land, als mich lautes Geschrei aus dem Schlaf reißt. „Ein Graf, der zu nichts nütze ist, ist ein Graf mit Spielschulden. Und diese habt ihr in horrenden Mengen!" Diese barschen Worte drangen von unten durch die Dielen zu mir empor und ich saß sofort aufrecht. Geschirr, das bestimmt wertvoll war, krachte auf den Boden und zerbrach, ängstliche Stimmen zerrissen die Ruhe des Hauses. Für einen Moment wusste ich nicht, wer und wo ich war, so plötzlich hatte mich das Geschrei geweckt. Doch die Stimme meines Vaters holte die Erinnerung daran zurück, dass ich seine jüngste Tochter Ailia Ecyo war. Die barsche Stimme mussten die Schuldeneintreiber sein, die nun gekommen waren, weil ich Vaters Erwartungen nicht entsprochen hatte. Er hatte mich für viel Geld an einen Reichen verheiraten wollen, aber anstatt der freundlichen, schüchternen Tochter, die ich sonst war, hatte ich den jungen Mann angeschrien, dass er verschwinden sollte. Jetzt stand mein Vater ohne Geld und mit seinen Spielschulden da und wurde nun auch noch seines restlichen Besitzes beraubt. Mich störte es nicht, ich ging seit zwei Jahren jeden Tag heimlich in die Stadt und hatte mich zur Heilerin ausbilden lassen. Durch meine gute Schulbildung war ich vor zwei Wochen damit fertig geworden. Es war fast, als hätten die Eintreiber darauf gewartet das ich bereit war zu verschwinden. Genau das würde ich jetzt tun. Einen kleinen Betrag, den ich während der Lehre verdient hatte, legte ich auf mein Bett, damit mein Vater überhaupt etwas haben würde, wenn ich weg war. Mit schweren Schritten ging ich mit meiner Reisetasche die Treppe hinunter und schlich mich an meinem Vater und den Eintreibern vorbei und stieß in der Tür prompt mit einem Postboten zusammen. „Guten Tag Miss. Ich habe Post für den Hausherren", sagte er und drückte mir ein dickes Bündel in die Hand, bevor er kopfschüttelnd verschwand. Ich entschied mich neugierig zu sein und öffnet den Umschlag. Ein dicker Batzen Geld, der mindestens für fünf Jahre meinen Vater wieder reich machen würde, war darin enthalten. Dazu lag eine Botschaft bereit „Schick deine Tochter sofort los". Ich erschrak. Er hatte mich doch nicht wirklich für Geld mit einem Fremden verlobt. Als ich mich umdrehte, stand mein Vater plötzlich vor mir und riss mir das Bündel aus der Hand. „Geh, ein Pferd steht bereit an der Straße", sagte er und drückte mir kurz die Schulter, ehe er sich umwandte. Wie konnte er das nur tun. Er ließ es auch noch vorher so aussehen, dass die Eintreiber ihm alles nehmen, nur um im nächsten Moment wieder reich zu sein. Wütend wandte ich mich um und lief die Straße hinunter, meine Sachen waren ja schon im Koffer. Ich hatte erwartet, dass ich noch etwas Zeit hätte, aber sein Vorhaben war von langer Hand geplant. Anstandslos stieg ich auf und überlegte, wie ich dem ganzen noch entkommen konnte. Ein

Reiter begleitete mich. Nach einem langen Ritt hielt das Pferd

mit einem Ruck an und ein Ungetier erschien und ich wurde aus dem Sattel gerissen. Mein Begleiter und mein Pferd flohen panisch. Der letzte Gedanke, bevor ich in den Wald gezogen wurde, war, dass ich nun nie mehr zurück zu meinem Vater müsste. In dem Moment war es mir auch egal, was mit mir passierte, denn das Gesicht der Bestie hatte nichts Böses an sich. Es hatte eher friedlich ausgesehen und so faste ich Hoffnung, dass ich nun frei war.

Ende?

Das Einhorn und das Kätzchen

Mitten in einem unendlichen Wald stand ich ganz allein. Ich, ein kleines Einhorn. Ich blickte mich nachdenklich um. Es war still hier, viel stiller als sonst, die Tiere waren auch nirgendwo zu sehen oder zu hören. Ich merkte, dass ich ganz allein war, denn seit längerer Zeit waren auch die anderen Einhörner verschwunden. Diese garstigen, egoistischen Einhörner hatten vermutlich auch meine Freunde, die Waldtiere, vertrieben. Seit die anderen gegangen waren, hatte der Wald an Farbe verloren, da keine Magie mehr durch ihn hindurchfloss. Ich selbst war zu jung, um Magie zu wirken, und gezeigt hatte es mir nicht mal meine Mutter. Langsam lief ich weiter durch den Wald und ging zu dem kleinen See, an dem ich mich sonst mit meinen Freunden traf. Auch hier war niemand. Ich hörte ein leises Geräusch und wandte mich um. Ein kleines Kätzchen saß hinter einem Busch und sah mich direkt an.

„Hey, kleines Kätzchen. Wo ist den deine Mutter?", fragte ich es und neigte meinen Kopf in seine Richtung nach unten, um es besser sehen zu können. „Meine Mutter ist gegangen als ich ganz klein war, da sie dachte ich wäre weggelaufen. Aber ich hatte nur Verstecken gespielt. Jetzt wird sie bestimmt erst wiederkommen, wenn die Magie zurück ist", sagte es weinend. „Hast du eine Idee wie wir etwas schaffen könnten, das der Magie zumindest ähnlich ist? Ich bin schließlich ein Einhorn und bin bisher nur zu jung, um Magie zu wirken", sagte ich. Ich wollte dem Kätzchen unbedingt helfen. „Du möchtest mir helfen?", fragte das Kätzchen leise. „Das ist wirklich lieb. Du bist nicht wie die anderen Einhörner. Ein Glück hat meine Mutter mir erzählt, wie die Einhörner bisher ihre Magie erweckt haben. Du musst über das Wasser des Sees galoppieren und dann auf die Wiese übergehen und steigen. Zu diesem Zeitpunkt, soll sich immer die erste Magie gezeigt haben." Erstaunt sah ich das Kätzchen an und ich entschied, dass ich es sehr mochte. Ich ging in die Knie und ließ das Kätzchen auf meine Mähne steigen, wo es sich festkrallen konnte. Es verstand sofort, dass ich es mitnehmen wollte. Ich galoppierte los, immer darauf bedacht das Kätzchen nicht zu verlieren und betrat so den See.

Die Anweisungen des Kätzchens schienen zu stimmen, denn ich konnte auf dem Wasser des Sees  galoppieren und kam so sehr schnell auf die andere Seite zur Wiese. Ich ließ meine Vorderbeine in die Luft fliegen und spürte, wie sich um mich und das Kätzchen herum ein Regenbogen bildete. Selbst das Kätzchen schien zu leuchten und Magie in sich aufzunehmen. Ich sah auf der anderen Seite des Regenbogens eine andere Welt, wo alles mehr geisterhaft war, und erkannte meinen Großvater dort für einen Moment. Ich wusste, dass ich gemeinsam mit dem Kätzchen eine Verbindung hatte und die Magie des Regenbogens besaß. Als ich mit meinen Vorderhufen zurück auf den Boden ging, sah ich die anderen Einhörner zurückkehren in den Wald. Sie waren eifersüchtig, doch das war mir egal. Ich drehte mich zu dem Kätzchen um und ging mit ihm zu den zurückkehrenden Waldtieren. Die anderen Einhörner konnten mir gestohlen bleiben. Ich hatte jetzt das Kätzchen und würde zu den Waldtieren gehen, anstatt im Egoismus zu leben. Wild und magisch rannte ich los und nahm das glückliche Kätzchen auf meinem Rücken mit in die Tiefen des unendlichen Waldes.

Ende

Meeresschlucht

Ralira ging aus ihrem Zimmer und sah, dass draußen die Sonne schien. Sie ging den Flur entlang, die Treppe runter durch die Tür und lief Richtung Hang über den Innenhof. Als sie aus dem überdachten Innenhof hinaus ging, verdunkelte sich die Sonne. Sie sah traurig nach oben und lief weiter den Hang hinunter, bis sie an einen Waldrand kam. Sie ging in den Wald und sah von Weitem auf einer Lichtung ein Mädchen sitzen. Langsam näherte sie sich dem Mädchen und fragte: „Wer bist du und was hast du hier verloren?" Das Mädchen dreht sich um und antwortet: „Das gleiche könnte ich dich fragen?!" „Ich wohne hier, der Wald gehört meinem Herrn dem Hexenkönig", sagte Ralira, „und was machst du nun hier?" „Mhm, tja ich habe hier Familie", antwortete das Mädchen. „Wer bist du?", fragte Ralira. „Davina, Davina Claire", antwortete das Mädchen und fragte „und du bist wer genau?" „Ralira Shadow. Was für ein Wesen bist du?", fragte Ralira. „Eine Hexe, eine Ernteritual-Hexe. Und du?", erwiderte Davina. „Ich bin vieles", sagte Ralira geheimnisvoll. „Jetzt sag schon", drängelte Davina nun neugierig. „Ich bin eine Elementhexe und eine Meerjungfrau. Da mein Vater der König der Meere war und meine Mutter die ehemalige Prinzessin der Elementhexen. Ich kann meine Kräfte, da ich ein Mischwesen bin und die doppelte Kraft mich sonst töten würde, auf andere Wesen übertragen", sagte Ralira. „Aha...interessant", antwortete Davina. „Von welchem Stand bist du?", fragte Ralira. „Adel, und du?", kam von Davina gleich die Gegenfrage. „Prinzessin der Nixen und Adelige der Elementhexen, wegen meiner Mutter" sagte Ralira und verdrehte die Augen. Davina grinste kurz und schaute dann in den Sternenhimmel, denn es war bereits Nacht. „Wo lebst du?", fragte Ralira nach einer Weile. „Weiß ich ehrlich gesagt noch nicht", antwortete Davina. „Das versteh ich nicht, wenn du vom Adel bist, musst du doch ein Zuhause haben", sagte Ralira nachdenklich. „Ja nur will ich dort einfach nicht mehr leben", gab Davina traurig zurück. „Du kannst mit zu mir kommen, wenn du willst", sagte Ralira. „Gerne", antwortete Davina. „Gut", sagte Ralira und ging Richtung Waldrand. Zusammen liefen sie den Hang hinauf. Ralira ging zum Schloss ihres Vaters und dann zum Tor zur Meereswelt. Sie wollte Davina diese Welt zeigen. Vor dem Tor standen über zwanzig Wachen. „Lasst mich durch", sagte Ralira. „Nein Ihr dürft nicht in die Meereswelt. Eure Stiefschwester möchte nicht, dass Ihr in die Meereswelt kommt", sagte eine der Wachen. „Was soll das denn? Nur weil ich noch nicht 16 bin und keine Königin bin", sagte Ralira sauer, „komm Davina, wir nehmen den langen Weg." Sie drehte sich um und lief mit ihr Richtung Waldrand. Sie gingen entlang der mächtigen Bäume und dann direkt zum Meer. Davina ging mit ihr mit „Wer war das?", fragte sie. „Ein Wachmann des Tores der Meereswelt", sagte Ralira und erkundigte sich, „Hast du Wasserkräfte, um Unterwasser zu atmen?" „Nein", antwortete Davina. „Aber du bist doch eine Hexe, du musst Elementkräfte haben", sagte Ralira verwirrt. „Ich bin eine Ernteritual-Hexe und kann sowas nicht einfach zaubern. Dafür bräuchte ich Elementkräfte, aber ich kann nur einfache Magie wirken", sagte Davina traurig. „Achso. Nun gut, dann hülle ich dich in eine Luftblase und dann schwimmen wir los", erwidert Ralira. Sie hüllte Davina in die Luftblase und sie sprangen beide ins Wasser. Ralira packt ihre neue Freundin an der Hüfte und schwimmt, mit ihr in ihrem Arm, in Höchstgeschwindigkeit durch den Ozean. Als sie am Tor zur Meeresstadt angelangten, stellte sich ihnen ein Wachmann in den Weg. „Ihr dürft nicht in die Stadt", sagte der Wachmann. „Das haben sie mir nicht zu sagen", knurrte Ralira wütend. „Oh doch, Eure Stiefschwester hat es befohlen", erwiderte der Wachmann nur knapp. „Nur weil sie Vaters Beraterin ist, ist sie nicht gleich Prinzessin", sagte Ralira sauer.

„Wisst Ihr den noch nicht was passiert ist? Eure Stiefschwester ist, bis Ihr alt genug seid Königin", sagte der Wachmann. Ralira stieß einen Schrei aus und zischte mit Davina in ihren Armen an dem Wachmann vorbei Richtung Meeresschloss. Sie schoss durch die Meeresstadt und in den Palast hinein, die Meerestreppe hoch und stürmte in den Saal. Sie sah, dass ihre Stiefschwester auf dem Thron saß. „Und wer ist das?", fragte Davina. „Das ist meine dämliche Stiefschwester Lorai", sagte Ralira wütend. „Mhm", sagte Davina. „Ralira was machst du hier?", schrie Lorai sie an. „Was machst du auf Vaters Thron, ist die bessere Frage?", schoss Ralira zurück. „Du da! Wer auch immer du bist, schrei sie nicht so an", sagte Davina zu Lorai. „Ralira wer zum Teufel soll das sein?", fragte Lorai immer noch mit lauter Stimme. „Meine

Freundin. Sie wohnt ab heute bei mir", antwortete Ralira giftig. „Sag mal hörst du schlecht? Du sollst nicht so schreien", sagte Davina wieder zu Lorai. „Mir doch egal", sagte Lorai, „Und nun zu dir Ralira. Du darfst nicht hier sein." „Wieso sitzt du auf Vaters Thron?", fragte Ralira noch gereizt. „Mir doch egal", äffte Davina Lorai nach und ignorierte das restliche Gespräch. „Benimm dich ein bisschen", flüsterte Ralira ihr ins Ohr. „Wo ist Vater? Er hätte nie zugelassen, dass du dich einfach auf seinen Thron setzt", wandte sie sich nun an ihre Stiefschwester. „Wenn du es genau wissen willst. Dein Vater ist in den Ruhestand gegangen und will seine letzten Jahre allein verbringen. Ich soll, bis du alt genug bist Königin sein", sagte Lorai mit einem hämischen Grinsen. „Ahja, dann wird das hier alles bald zusammenbrechen wegen deinem lauten Geschrei. Ach, und ich glaube nicht das du dem gewachsen bist, ich meine schließlich brüllst du hier alle an", sagte Davina mit einem frechen Grinsen zu Lorai. Ralira drehte sich um und zog Davina mit sich zu ihrem Zimmer. „Was denn?", fragte Davina schmollend Ralira. „Sie lügt. Das tut sie immer. Mein Vater hätte sich von mir verabschiedet", meinte Ralira. Davina wirkte nachdenklich und sagte: „Mhm… ja." „Wir sollten jetzt erstmal schlafen und suchen dann morgen nach meinem Vater", sagte Ralira und legte sich in ihr Bett. Davina war derselben Meinung und schlief schnell ein. Am nächsten Morgen erwachte Ralira aus einem bösen Traum. Davina schlug ebenfalls die Augen auf begrüßte sie mit einem „Guten Morgen." „Hallo Davina. Hast du gut geschlafen?" „Ja und du?", fragte Davina. „Nein, ich habe schlecht geträumt", erwiderte Ralira nachdenklich. „Was denn genau?", fragte Davina. „Ich habe von meinem Vater geträumt", sagte Ralira traurig. „Oh ja das ergibt Sinn", antwortete ihre neue Freundin. „Er würde niemals meiner Stiefschwester den Thron überlassen. Hilfst du mir ihn zu finden?", fragte sie Davina. „Ja klar", antwortete diese hilfsbereit. „Dann lass uns jetzt etwas essen und danach in die Bibliothek schwimmen", entschied Ralira. Sie begab sich zu ihrem Schrank und nahm sich ein silbernes unscheinbares Kleid heraus. „Ja", antwortete Davina. Sie zog sich ein schwarzes enges Kleid an und ging mit ihr mit. Die beiden aßen schnell etwas und schwammen dann in die Bibliothek. Davina fragte: „Und jetzt?". „Mein Vater hat, als ich noch klein war, immer einen Hinweis beim Verstecken spielen versteckt, wo ich ihn finden kann. Das heißt, wir müssen solch einen Hinweis finden", sagte Ralira. Sie begann die Bücherregale und Wände abzusuchen. „Der Hinweis ist also auf dich bezogen?", fragte Davina. „Ja, meistens waren es kleine Rätsel, die in den Wänden oder Regalen versteckt waren." „Gib mir deine Hand", flüsterte Davina und streckte ihre Hand aus. Ralira legte ihre Hand hinein. Davina nahm ein Messer und schnitt ihrer Freundin in die Handfläche. Danach ließ sie Raliras Blut auf den Bibliotheks Plan tropfen. Ralira schrie auf: „Spinnst du, du kannst mir doch nicht einfach die Hand aufschneiden!" „Wie du siehst kann ich das und jetzt pscht", sagte Davina gelassen. Sie setzte sich an einen Tisch und legte die Karte vor sich. „Und was hat das jetzt gebracht", fragte Ralira. Davina sprach einen Zauber „Phasmatos Tribum Nas Ex Veras, Sequita Saguines, Ementas Asten Mihan Ega Petous." Auf der Karte begann sich eine Linie zu bilden. „Da drüben im linken Bücherregal unter dem 5. Buch von rechts liegt der Hinweis", gab Davina an. Ralira schwamm zu dem Regal und hob das Buch hoch. Sie holte einen kleinen Zettel vor. „Siehst du, genau das hat es gebracht", freute sich Davina. Aber Ralira hörte ihr nicht zu, sie las den Hinweis. *Am tiefsten Ende der Schlucht der Ungeheuer, in tausend Meter Tiefe, wird man nach einigen Prüfungen erfahren, was mit mir geschehen ist.* „Haaaallooo?!" Davina wurde ungeduldig als Ralira nicht antwortete. „Was?", fauchte Ralira sie an, immer noch auf das Blatt starrend. „Was steht da nun?!", sagte Davina nun mit lauter Stimme. „Ich muss zur Schlucht der Ungeheuer. Das ist extrem gefährlich." „Ja super und ich komme mit!", sagte Davina überzeugt. „Das kannst du vergessen. Dort ist es nicht nur für Nixen gefährlich, sondern für alle Wesen", sprach Ralira in einem Ton, der keinen Widerspruch zuließ. „Oh, doch ich komme mit. Ich bin stark genug mich zu schützen", antwortete Davina fest entschlossen mit erhobenem Kinn. „Wenn du dort unten auch nur einen Hauch von Arroganz zeigst, stirbst du sofort", gab Ralira jetzt aufgeregt zurück. „Nochmal ich! Kann! Mich! Sehr! Gut! Wehren!!", zischte Davina immer noch recht großspurig. „Na dann komm eben mit, aber ich warne dich, wenn du arrogant bist und stirbst, ist es deine Schuld", murrte Ralira, drehte sich um und schwamm zu ihrem Zimmer. „Jaja" verleierte Davina die Augen und folgte ihr. Als beide im Zimmer ankamen war Ralina gleich an ihrem Schrank und zog sich ein neues, silbernes Kleid an, was sie fast wie eine Braut aussehen ließ. Sie legte Davina ein herrliches lilafarbenes Kleid hin. „Kannst du vergessen." Sie schob das Kleid von sich weg und verschränkte die Arme vor der Brust. „Du musst dort aussehen, als wärst du verlobt, sonst werden sie dich zu einer Sklavin machen", sagte Ralira trotzig. „Ich ziehe an was ich will", sie kramte in ihren Sachen und zog ein anderes, schwarzes Kleid heraus „Das da!", zischte Davina. Ralira lachte auf sagte aber nichts weiter. Sie zogen ihre Kleider an und Ralina fasste Davina am Arm. Sie nahm sie mit sich und schwamm Richtung

Schlucht der Ungeheuer. „Sei nicht so grob!", sagte Davina. „Sei du gefälligst nicht so stur", schoss Ralira zurück. Sie schwamm so schnell, dass sie nicht merkte, wie Davina übel wurde. „Langsamer!!" Ralira verlangsamte das Tempo etwas und hielt, am Rand der Schlucht angekommen, an. „Geht doch!" Davina richtete sich das Kleid. Ralira nahm wieder Tempo auf und schoss steil in die Schlucht runter. „Sag mal gehts noch?!", fauchte Davina sie an. Ralira achtete nicht auf sie und machte erst halt, als sie am Fuß der Schlucht ankamen. Davina zwickte Ralira in die Seite. „Du spinnst doch!" „Nein, tue ich nicht. Wenn jemand gesehen hätte, dass ich hierher schwimme, hätte es riesigen Ärger gegeben", sagte Ralira ernst. „Jaja", schnaufte Davina. Ralira ignorierte das Geplänkel und begann sie in Richtung einer Unterwasser Höhle zu ziehen. Beide schwammen einen langen Gang entlang und sahen an seinem Ende eine große Tür. „Na los mach sie auf" sagte Davina. Ralira ging auf das Tor zu und öffnete es. Hinter dem Tor erwartete sie ein großer Saal an dessen Ende ein Thron stand, auf dem eines der Ungeheuer saß. „Ralira... Was tust du bloß hier in der Schlucht, kleine Prinzessin?", fragte das Ungeheuer mit einem bösen Grinsen. Davina trat schnell hervor und platzte heraus: „Wir suchen etwas oder jemanden und sie werden uns helfen dieses etwas zu finden." Das Ungeheuer schaute Davina herablassend. „Ralira hast du mir da eine Braut gebracht oder warum ist diese Hexe hier?" „Wären Sie so nett und reden mit mir, wenn es um mich geht", sagte Davina schnippisch. Das Ungeheuer achtete nicht mehr auf sie, sondern wartete auf Raliras Antwort. „Nein, sie ist nicht als Braut hier. Sie hilft mir meinen Vater wieder zu finden", entgegnete Ralira. „Unhöflicher gehts ja wohl nicht", gab Davina beleidigt zurück. „Alles klar, dann wäre es besser, wenn sie geht", sprach nun das Ungeheuer mit einem bösen Unterton. „Das können sie vergessen", begehrte Davina auf. „Geh. Sonst passiert hier Schlimmes. Wir sehen uns heute Abend am Eingang der Schlucht", flüsterte Ralira. „Äh… nein ich bleibe", Davina verschränkte die Arme und guckte zwischen den beiden hin und her. „Wenn sie nicht geht, Ralira, weißt du was passiert", sagte das Ungeheuer scheinheilig. „Ich habe keine Angst", kam jetzt arrogant von Davina zurück. Ungeheuer schossen aus den Wänden und schleiften sie heraus, ohne dass sie sich wehren konnte. Sie schlug dabei wild um sich. Die dunklen Monster schleppten sie aus der Schlucht und ketteten sie an. „RALIRA!!!!", schrie Davina. „Hey ihr da!! Lasst mich gehen oder ihr bekommt das doppelt so hart zurück!!", tobte Davina und schlug mit den Armen um sich. Die Ungeheuer grinsten nur hinterhältig. Davina wirkte Magie und ließ die Köpfe ihrer Wächter schmerzen. „Lasst mich gehen! JETZT!" Die Ungeheuer stöhnten auf, machten sie aber nicht los. Davina ließ die Kopfschmerzen stärker werden „JETZT!". Keine Reaktion, nur Schmerzlaute. Sie versuchte es mit einem Schlafzauber, konnte sich aber nicht befreien. Währenddessen schaute Ralira das Ungeheuer an und sagte: „Wenn du mir sagst, wo mein Vater ist, bekommst du was du willst." „Gut", brummte das Ungeheuer.

„Deine Stiefschwester hat mit mir einen Pakt geschlossen. Sie hat gesagt, sie lässt uns in Frieden, wenn wir deinen Vater einsperren." „Diese Verräterin", fluchte Ralira, „du kannst ihn mir übergeben. Dann bekommst du das, was du willst, sogar noch mehr." Das gefiel dem Ungeheuer. Es nickte und der Raum wurde plötzlich zu einem Schlafzimmer. Es kam auf sie zu und zog sie zu sich aufs Bett. Ralira musste ertragen, wie das Ungeheuer jeden Teil ihres Körpers über der Kleidung küsste und seinen heißen Atem in ihr Gesicht blies. Ralira ertrug ihn eine Weile, dachte nur an ihren Vater und dessen Befreiung. „So du hattest jetzt deine Bezahlung. Bring mir jetzt meinen Vater." Das Ungeheuer stand auf und ließ das Bett verschwinden. Es ging zu seinem Thron, setzte sich darauf und holte ihren Vater mit einem

Schnipsen zu sich. Ihr Vater lief sofort zu ihr und nahm sie in den Arm. „Vater, Lorai hat dich einsperren lassen. Wir müssen das Königreich zurückerobern", sprach Ralira aufgeregt. An das Ungeheuer gewandt sagte sie; „Ich werde deine Frau und werde dich lieben und meine Freundin wird die Frau deines Bruders, wenn du uns hilfst das Hexen- und Nixenreich zurückzuerobern." Das Ungeheuer war überrascht. „Gut. Tritt näher." Ralira ging auf das Monster zu und ließ sich küssen. Es verwandelte sich durch Magie und den Kuss eines Halbwesens in einen Nixenmann. „Danke", sprach er glücklich zu ihr. „Mein Name ist Ralion." Sein Bruder sah das und kam angeschwommen und küsste sie auf die Wange. Er verwandelte sich ebenfalls. „Danke, mein Name ist Lyrion". In dem Moment fiel Ralira ihre

Freundin Davina ein. Sie schwamm los und kettete Davina ab. „Danke!!", sagte Davina und richtete sich auf. „Und was jetzt hm?", sagte sie zu Ralira. „Du musst eins der Ungeheuer heiraten und ich auch, damit wir unsere Reiche zurückbekommen", sagte Ralira. „Äh… Nein. Das sind ekelerregende Viecher", sagte Davina und prustete laut. „Jetzt nicht mehr. Es sind jetzt Nixenmänner. Ich habe sie von ihrem Bann erlöst", sagte Ralira. „Also sind sie keine Ungeheuer und wurden als Nixenmänner geboren?", fragte Davina. „Ja", sagte Ralira und sah Davina fragend an, um herauszufinden, ob sie das Alles in Ordnung fand. „Hm na gut", sagte Davina. Die Nixenmänner schwammen aus der Schlucht Richtung Meeresschloss. Die beiden Mädchen hinterher. Vor der Meeresstadt war eine Armee aufgebaut. Der Kommandant rief sofort zum Angriff, als er sie erblickte. Davina nahm sich

Raliras Hand, schnitt sie auf und nahm sie in ihre Hand, um ihre Magie zu kanalisieren. Danach sprach sie schnell einen Zauber, der die Armee einschlafen ließ. Lorai trat vor und ein Kampf der Magie zwischen Ralira und ihr begann. Davina hielt sich zurück und behielt die Stiefschwestern im Auge. Nach einem erbitterten Wechsel an Magie setzte Ralira ihre Hexenkräfte ein und Lorai ging zu Boden. Davina setzte ein Grinsen auf. „Wir haben gesiegt", lächelte

Ralira müde. Alle gingen in die Meeresstadt, die Feinde wurden größtenteils gefangen und der Rest floh ins weite Meer. Lyrion trat hinter Davina und legte ihr eine Hand auf die Schulter. Davina ging erschrocken ein paar Schritte zur Seite. „Hallo Davina, ich bin Lyrion dein Verlobter", sagte er. „Aha", sagte Davina etwas unsicher. „Es tut mir leid, dass du mich heiraten musst, aber das waren nun mal die Bedingungen meines Bruders", sprach er mit einem schiefen Grinsen. „Spar dir dein Gerede", sagte Davina abweisend „Ich kenn dich noch nicht mal." „Das kann man ändern", sagte er und bot an, „Wollen wir spazieren gehen?" „Mhm, ja", antwortet Davina. Die beiden gingen gemeinsam und begannen einander zu mögen.

Nach ein paar Monaten.

Ralira stand in einem langen dunkelblauen Kleid vor dem Spiegel und überprüfte noch einmal ihr Aussehen. Davina stand neben ihr und suchte sich ein Kleid heraus. Ralira verließ ihr Zimmer und begab sich vor den Saal, wo der Altar aufgebaut war. Sie und Davina würden heute beide heiraten. Davina zog sich ein langes schwarzes Kleid an, machte sich noch die Haare und begab sich dann ebenfalls vor den Saal. Die beiden traten ein und gingen auf den Altar zu, wo ihre beiden Geliebten auf sie warteten. Davina war sich immer noch ein wenig unsicher. Ralira nahm ihre Hand und sagte leise: „Alles wird gut, Davina". Sie erreichten den Altar und gaben den Nixenmännern das Eheversprechen. Danach begann eine riesige Party.

Davina nickte und ging nach dem Eheversprechen an einen Tisch, um etwas zu trinken. Ihr Gemahl forderte sie zum Tanzen auf und Ralira tanzte auch mit ihrem Angetrautem. Sie alle tanzten, feierten und waren glücklich im Unterwasserreich.

Ende

Spiegel der Drachenseele

Ich ging einen schmalen Pfad entlang als ich mit meinem Pferd zu dem Fluss lief, an dem ich einen Tag zuvor einen Spiegel hatte stehen sehen. Spiegel waren sonst etwas, dass ich absolut nicht mochte. Doch heute sollte jedes Mädchen, das bald volljährig wurde, sich selbst ansehen. Wozu das gut sein sollte, wusste ich auch nicht. Es war in meinen Augen verschenkte Zeit, da könnte ich genauso gut wie jeden Tag an den Fluss gehen und fischen. Nachdem ich aber gestern diesen Spiegel dort stehen sah, hatte ich beschlossen das ich beides miteinander verbinden würde. Außerdem dachte ich, dass mein hübsches Pferd sich sicherlich auch einmal gerne sehen würde. Langes Gras strich an meinen Beinen entlang, als ich mich dem Fluss näherte. Ein

Blick zur Seite verriet mir, was ich wissen wollte. Der Spiegel stand noch an derselben Stelle wie am Vortag. Langsam näherte ich mich dem Wasser und wollte zu meinen geliebten Schwänen gehen, ehe ich in den Spiegel sah. Zwei der Schwäne schwammen direkt von der Mitte des Sees auf mich zu und ich fütterte ihnen direkt etwas von den Linsen, die ich ihnen vom Dorf mitgebracht hatte. Kaum das sie aufgegessen hatten, tauchten sie kurz ins Wasser ein, um ein paar Fische für mich zu fangen. Das taten diese Schwäne immer, wenn ich

ihnen etwas Futter gab. Meine Aufgabe war dadurch immer so schnell erledigt, dass ich im ganzen Dorf immer vielen Bewohnern bei ihren Aufgaben helfen konnte. Dafür war ich den Schwänen dankbar. Sie ermöglichten mir ein sehr hilfsbereiter Mensch zu sein. Meine beiden Freunde kamen zurück an die Oberfläche, hatten die Schnäbel voll toter Fische und ließen diese in meinen Korb fallen, den ich ihnen wie jeden Tag hinhielt. Beide ließen sich einmal über den Kopf streicheln, ehe sie davon schwammen. Mit einem Lächeln sah ich ihnen nach und nahm dann meinen Korb, um mit meinem Pferd in den Spiegel zu sehen. Langsam, fast bedächtig, ging ich zu dem Spiegel hin. Ich hatte bisher in meinem Leben Spiegel immer gemieden, erstens weil man erst wenn man volljährig war, wissen sollte wie man aussah und zweitens, weil ich es gar nicht wissen wollte. Der Grund dafür war ganz einfach. Wer schön war kam dafür infrage, beim Tag der Erwählung, der bei mir heute war, für den bösen Drachenprinzen ausgesucht zu werden. Ich atmete noch einmal tief durch, dann hob ich meinen Blick, den ich gesenkt hatte, als ich vor dem Spiegel stehen geblieben war. Erstaunt und erschrocken musterte ich mich. Mittellanges hellblondes Haar kringelte sich kurz unter meinen Schultern in Locken und hellgrüne Augen zogen ihren Blick sofort auf sich. Ich erkannte sofort das ich schön war, da brauchte ich gar nichts zu

leugnen. Nun konnte ich nur noch hoffen, dass die Drachen trotzdem ein anderes Mädchen als mich aussuchten. Ich hatte schon einmal einen Drachen gesehen und ich hatte schreckliche Angst. Dazu kam noch, dass niemand wusste, was mit den erwählten Mädchen bei den Drachen passierte. Ich wandte mich wieder von meinem Spiegelbild ab und lief mit eiligen Schritten zurück zum Dorf. Kaum das ich ankam, brachte man mich sofort zum Marktplatz und sagte mir, dass die Drachen bald kommen, würden für die Auswahl. Mein Pferd das immer noch neben mir lief beachteten sie gar nicht. Mir war das nur recht, denn mit meiner Stute Nany neben mir fühlte ich mich viel sicherer. Ich hob den Blick Richtung Himmel und erblickte dort meine Freunde die Schwäne, die eine Runde über das Dorf flogen. Das machte mir sofort Hoffnung das alles gut werden würde und genau das stellte ich mir einfach vor. Alles würde gut werden egal ob ich mit den Drachen gehen musste oder mein friedliches Leben hier fortsetzte.

Nicht weit entfernt im Palast des Drachenprinzen, erwachte der Prinz aus einem Traum. Er hatte das Gefühl als wäre die Boshaftigkeit in ihm etwas geschrumpft, was völlig unmöglich war. Nur seine Seelengefährtin konnte seine Seele wieder heilen. Der einzige Grund für dieses Gefühl konnte sein, dass sie heute bei der Erwählungszeremonie dabei sein würde, was bedeutete das er sie erst jetzt hatte spüren können, weil sie erst jetzt fast volljährig war. Er wusste sofort, dass er dieses Mal an der Zeremonie mit teilnehmen musste und das dann vielleicht seine wahre Seele zurückkehrte. Der Prinz nickte den anderen Drachen zu und sie erhoben sich in die Lüfte in Richtung des Dorfes, in dem in diesem Jahr die Zeremonie stattfand. Je näher er dem Dorf kam, desto mehr lichteten sich die Schatten in ihm und er verspürte einen Funken Hoffnung in sich. Vielleicht konnte für die Drachen doch noch alles gut werden, auch wenn niemandem klar war, ob die Begegnung mit seiner Seelengefährtin reichte für seine Rückverwandlung oder ob es auch ihre Liebe brauchte. Egal wie es war, er merkte schon jetzt das sein innerstes von den Schatten geheilt wurde und das nur durch ihre Nähe. Selbst wenn sein Äußeres schwarz blieb, seine Schatten im Inneren, so wusste er, würden bei ihrem Anblick sofort verschwinden. Der Rest konnte später folgen, dachte er und flog mit den anderen Drachen auf das Dorf zu, um das zwei Schwäne herumflogen. Hoffnung machte sich zum ersten Mal seit vielen Jahrhunderten in ihm breit. Wenn seine Seele geheilt war, dann würde alles gut werden

Die Dornen der Aurora

Eine große Katze schreckte aus einem Albtraum hoch, der sich beängstigend real angefühlt hatte. Es war, als wäre die Katze selber niedergeschossen worden. Mühsam erhob sie sich und streckte sich ausgiebig. Träge öffnete sie die Augen ganz und sprang etwas erschrocken zurück. In dem See, an dem sie geschlafen hatte, war ein Spiegelbild, das definitiv nicht ihres war. Es war das der berüchtigten Maleficent. „Nidia, große Katze und einsame Wanderin, ich brauche deine Hilfe", sagte Maleficent und ein zweites Bild erschien auf dem See. Es zeigte das Mädchen aus ihrem Traum, nur dass es hier auf einer

Wiese vor dem Schloss, umrahmt von Dornen schlief. „Was möchtest du von mir? Niemand wäre so dumm dich aus deinem Gefängnis zu befreien", fauchte sie und wollte sich vom See abwenden, als Maleficent wieder anfing zu sprechen. „Ich möchte hier nicht weg, hier habe ich meinen Frieden gefunden. Niemand kann mich mehr bekehren, auch wenn meine Tochter mich nicht mehr sehen kann. Du musst meine Tochter retten, da du mit ihr verbunden bist. Ihr seid am gleichen Tag geboren und sie ist dazu bestimmt, mit den Tieren gemeinsam im Wald zu leben. Bitte rette sie, ich möchte sie so gern wenigstens durch das Glas des Spiegels wieder lebendig beobachten können", sagte Maleficent und sah sie flehentlich an. Wäre der Traum der Katze nicht von Melia, der Tochter Maleficents, gewesen, hätte sie all dies für eine Lüge gehalten, doch nun wollte sie helfen und ihre Bestimmung erfüllen. Die Katze nickte Maleficent zu und machte sich auf den Weg Richtung Schloss. Sie rannte so schnell sie konnte und hielt erst inne als hohe Dornen vor ihr aufragten. Dahinter erkannte sie auf der Wiese liegend Melia, das Mädchen, mit dem sie verbunden war. Die Katze versuchte erst über die Dornen zu springen, doch diese wurden sofort höher und sie landete mit dem Gesicht zuerst auf dem Boden. Frustriert lief die Katze hin und her, bis ihr etwas einfiel. Sie konnte die unteren Dornen mit ihren Krallen zerschneiden und dann schnell hindurch huschen. Konzentriert fuhr sie ihre Krallen aus und zerschnitt die Dornen, ehe sie durch die Lücke sprang, die dadurch entstanden war. Trotzdem konnten ein paar neue Dornen nachwachsen und sie verletzen. Zornig sah die Katze auf die hohen Dornen zurück. Sie schaute zu Melia und lief auf die schlafende Fee zu. Sie schmiegte sich an sie und hoffte das es das war, was sie tun musste, damit sie erwachte. Nichts geschah und so entschied die Katze, dass sie ihr einfach über das Gesicht schlecken würde. Kaum berührte ihre Zunge Melia, erwachte diese. Verwundert blickte Melia sich um und entdeckte die Katze, die neben ihr lag. Ein Lächeln huschte über ihr Gesicht. Auch sie hatte von der Katze geträumt, während sie geschlafen hatte. Sie zog die Katze in ihre Arme und war froh, dass sie sich gefunden hatten. Die beiden gingen weg vom Schloss und in den Wald an den See. Die Katze hatte Melia erzählt das sie mit ihrer Mutter gesprochen hatte und so wollte Melia sie auch sehen. Als sie sich an den See setzte und die Katze an sich zog erschien das Bild ihrer Mutter Maleficent im Wasser. Glücklich sah sie ihre Mutter an und freute sich darüber sie hier sehen und hören zu können. Jetzt hatte sie noch die große Katze Nidia an ihrer Seite und war nicht allein. Gemeinsam standen sie auf und rannten in den Wald, um ihn zu beschützen und nach einem Weg zu suchen Maleficent zu befreien. Melia wusste auch genau wie sie das anstellen musste, sie würde einfach das Gegenstück zu ihrer Mutter finden und es zu dem Spiegel bringen. Aber erst würde sie mit ihrer Katze glücklich in den Wäldern leben so wie ihre Mutter es wollen würde.

Ende

Tag der Veränderung

Zitternd erwachte ich. Ich hatte das Bewusstsein verloren. Nachdem ich die Augen öffnete, blickte ich direkt in die grauen Augen der Halbbestie, die vor mir hockte. Zwar hatte ich Hoffnung verspürt unversehrt zu bleiben, als ich vom Pferd gerissen wurde, aber Angst hatte ich jetzt trotzdem vor dieser Bestie. Erst jetzt fiel mir auf, dass die Bestie eine Mischung aus Wolf und Mensch war. Das machte mir jetzt große Sorgen. Ein Raubtier. Würde sie komplett zum Wolf werden, wenn sie mich fressen würde? Ich hoffte nicht. „Wer bist du?", fragte ich leise das Biest vor mir. Erst wurde ich nur angestarrt, dann schien es entschieden zu haben, mir zu antworten. „Ich bin Woldan, ein Wesen aus Mensch und Wolf. Um mir etwas

100

Nahrung zu besorgen, wollte ich die Reiter überfallen, die durch meinen Wald ritten. Du warst eine von ihnen", sagte die Bestie und rückte etwas näher zu mir. Tja und da war meine Hoffnung dahin nicht gefressen zu werden. „Du hast auf dem Pferd nur mich gefunden, da ich verheiratet werden soll. Mein Vater hat Schulden und wollte diese so begleichen", sagte ich und hoffte das Beste. „Dann ist es ja gut, dass ich dich mitgenommen habe. Du siehst nämlich nicht so aus, als würdest du heiraten wollen. Du hast jetzt nur zwei Optionen. Entweder ich fresse dich, was ich nur ungern tun würde, da du mir sympathisch bist. Oder du begleitest mich auf meiner restlichen Reise in die Berge der Bestien und bleibst dort bei mir", sagte es. Mir wurde bewusst das das Wesen vielleicht nicht mehr allein sein möchte. Einen Moment überlegte ich und entschied, dass ich mit gehen würde. Ich machte ihm mit einem Nicken deutlich, dass ich ihn begleiten würde und die Bestie, die für mich jetzt Woldan war, lächelte mich daraufhin freundlich an. Kaum das dies geschehen war, verwandelte er sich komplett in einen großen grauen Wolf und bedeutete mir auf seinen Rücken zu steigen. Vorsichtig näherte ich mich ihm und stieg auf. Schnell wie der Wind lief Woldran los und ich musste mich sehr festhalten, um nicht von seinem Rücken runterzufallen. Während er stundenlang durch den Wald rannte, erzählte er mir viel von sich und den Bestien und fragte mich nach meinem Leben aus. Es stellte sich heraus, dass wir beide gerne verstecken spielten, Bücher lasen und Ragout aßen. Ich erfuhr, dass die

Bestien eigentlich nur in Ruhe gelassen werden wollten und immer wieder angriffen, wenn sich jemand ihrem Gebiet näherte. Woldran hatte nur die Erlaubnis gehabt die Reiter zu überfallen, da zuvor mehrere Nahrungsverstecke von Menschen leergeräumt wurden waren. Wir verstanden uns sehr

gut und redeten viel, so dass wir das

Gebirge mit den dichten Wäldern erreichten, ohne dass wir noch Geheimnisse voreinander hatten. Woldran und ich waren Freunde geworden und ich war froh, dass ich keine Angst vor ihm zu haben brauchte. Er zeigte mir nach unserer Ankunft viele Orte und wir entschieden an einer

Lichtung mit See und Höhle zu bleiben und dort gemeinsam Zeit zu verbringen. Jetzt, nachdem ich einen Freund und meine Freiheit gefunden hatte, war ich meinem Vater doch dankbar, dass er mich hatte verkaufen wollen. Denn ohne ihn wäre ich nie freigekommen und hätte nie meinen besten Freund gefunden, mit dem ich jetzt jeden Tag am See verbrachte.

Ende

Hippogreife und Wandler

Sie lief in der Höhle ihrer Adoptiveltern auf und ab. *Das ist doch nicht wahr,* dachte sie. *Sie konnten mir nicht verbieten, die Höhle zu verlassen.* Sie schaute finster auf den Eingang der Höhle und überlegte, wie sie hier fliehen könnte. Sie fasste den Entschluss die Höhle heimlich zu verlassen, solange ihre Adoptiveltern noch auf der  Jagd waren. Schnell schnappte sie ihr winziges Arsenal an persönlichen Sachen und schlich sich hinaus. Sie lief schnell und drehte sich nicht noch einmal um. *Nur weg von hier und dem ewigen Alleinsein.* Nachdem sie eine Weile gelaufen war, sah sie in einiger

Entfernung eine kleine Hütte. *Hier kann ich erst einmal Zuflucht finden*. Mit großen Sprüngen lief sie den Hügel hinunter auf die kleine Behausung zu und wurde am Rande des Waldes, in dem diese lag, langsamer. Sie schlich auf leisen Sohlen heran und blieb hinter den Büschen und Bäumen stehen, um erstmal zu beobachten und zu schauen, ob dort jemand lebte. Eine junge Hippogreifin ging in die Hütte und sie konnte ihre Neugierde kaum unterdrücken. Sie hatte noch nie ein solches Wesen gesehen. So leise wie möglich trat sie aus dem Gebüsch, um die Fremde durch eines der Fenster zu beobachten. Sie bemerkte schnell, dass das Hippogreifenmädchen sie entdeckt hatte und überlegte, was sie nun tun sollte. Drachen durften sich den anderen Wesen nicht zeigen! Das

Mädchen schlich zum Fenster und spähte heraus. Sie lief schnell wieder hinter die Bäume. Doch nahm dann all ihren Mut zusammen und trat ins Freie. Es war so oder so zu spät. Sie konnte mit Sicherheit nicht mehr zurück zur Höhle. Das Mädchen blickte sie durch das Fenster hinweg an und war wie erstarrt.

Luna spielte kurz zuvor mal wieder im Wald mit einem großen Ast und schaute, wie schon so oft, hinauf zu den Bergen. Ihre Eltern sagten ihr, dass dort Drachen leben würden, aber sie hatte noch nie welche gesehen. Ihr wurde langweilig. Sie ging zu der geheimen Spielhütte, die sie und ihre Freundin Kayra gemeinsam gebaut hatten. Sie erinnerte sich noch gut daran, als Kayra ihr offenbarte, dass sie mit ihren Eltern wegfliegen würde, um sich ein neues Territorium zu suchen. Ihre Mutter erwartete Nachwuchs und ihr altes Territorium war zu klein geworden. Als sie bei der Hütte ankam, hörte sie ein Rascheln im Gebüsch. Wahrscheinlich ein Gnom, dachte sie. Gnome gab es hier viele, genauso wie Einhörner, Pegasi, Elfen, Zwerge und Feen. Andere Hippogreife, so wie ihre Familie, kannte sie nicht, da ihre Art meist sehr zurückgezogen und unter sich lebten. Sie mussten sich vor den Greifern, zweibeinige, große, nicht sonderlich nette Wesen verstecken. Es war also ein großes Wunder, dass Kayra und sie sich kennengelernt hatten. In der Hütte angelte sie sich ihr Lieblingsbuch aus dem Regal, setzte sich in die Leseecke und begann zu lesen. Es ging um einen jungen Zauberer, dessen

Eltern umgebracht wurden und er zu seiner Tante, seinem Onkel und seinem Cousin gebracht wurde. Diese waren nicht sonderlich glücklich darüber, dass ihr Neffe bei ihnen lebte, denn sie hassten alles, was mit Magie zu tun hat. Deshalb war es auch nicht verwunderlich, dass sie ihm nichts zu seinen Eltern erzählten. Sie war gerade an der Stelle, an dem Harry die Briefe von der Fußmatte an der Tür aufhob, als sie eine Bewegung am Fenster entdeckte. *Waren es die Greifer? Hatten sie sie gefunden? Würden sie sie jetzt einfangen wie auch ihre Schwester?* Sie wagte nicht sich zu bewegen. Da saß sie nun und überlegte was zu tun war. Nach kurzem Zögern schlich sie geduckt unter das Fenster und spähte vorsichtig hinaus. Luna sah zunächst nichts. *Doch!* Hinter den Bäumen. Sie hätte schwören können etwas gesehen zu haben. Schnell duckte sie sich. *Was jetzt? Hinausgehen und nachschauen oder doch warten?* Sie entschied, dass es besser war etwas zu warten, um zu sehen was passierte. Notfalls konnte sie durch den Geheimgang entkommen. Sie spähte wieder nach draußen und bekam einen großen Schreck. *Das war kein Greifer, sondern ein ganz anderes Wesen, so eins hatte sie noch nie gesehen. War das ein Drache? Sollte sie hinausgehen und sich vorstellen? Würde er oder sie die Hütte zerstören? Ist das Wesen gefährlich?* Luna hatte mal gehört, dass Drachen Feuer speien können, also nahm sie sich das rostiges Metallschild, mit dem Kayra und sie oft den Hügel heruntergerutscht sind, und ging langsam hinaus. „Hallo? Bist du böse?"

Das Wesen starrte das Mädchen weiter an und konnte sich nicht rühren. Es wusste nicht, was es sagen sollte, da es noch nie jemand anderen als seinen Adoptiveltern begegnet war. Es rührte sich nicht. „Willst du mich umbringen? Bist du auf Jagd? Oder bist du nett und willst meine Freundin werden?", fragte Luna jetzt ganz aufgeregt. Endlich löste sich seine Starre und es erwiderte: „Wer bist du und was soll eine Freundin sein?". „Ich bin Luna, ein Hippogreif. Du weißt nicht, was eine Freundin ist? Bist du nie anderen Wesen begegnet?", fragte Luna. „Ich war bis jetzt immer in einer Höhle eingesperrt", sagte die Unbekannte. „Sind deine Eltern so grausam? ", fragte Luna. „Ja, aber es sind nur meine Adoptiveltern", sagte sie grimmig. „Weißt du, warum

Drachen sich anderen Wesen nicht zeigen dürfen?", fragte der Drache Luna. „Nein, keine Ahnung, ich bin noch nie einem Drachen begegnet", antwortete Luna. „Und ich noch nie einem Greifen. Mein Name ist Estrella. Wo kommst du her? Ist das deine Hütte?", fragte das Drachenmädchen. „Ich habe sie mit meiner besten Freundin Kayra gebaut, sie musste leider mit ihrer Familie wegfliegen", sagte Luna. „Wegen den Wandlern, die das Land anfangen zu erobern?", flüsterte Estrella, „hast du schon mal einen gesehen?" „Ich glaube nicht, wie sehen sie denn aus? Und warum sind sie für euch gefährlich?" Luna wurde nun neugierig. „Sie sind für alle gefährlich, weil sie sich in alle anderen Wesen verwandeln können und schon fast die ganze Welt eingenommen haben. Das hier ist eines der letzten 5 Gebiete, welches sie noch nicht eingenommen haben, haben meine Adoptiveltern erzählt", berichtete Estrella. „Woran erkennt man sie? Kann man sich gegen sie wehren?", fragte Luna hastig. „Das weiß ich nicht, ich war wie gesagt bisher nur in der Höhle eingesperrt und bin heute abgehauen", sagte Estrella. „Es wird langsam dunkel musst du nicht zu deiner Familie zurück?", sprach sie weiter, während sie darüber nachdachte, was sie dann alleine machen würde. „Oh, du hast Recht, ich habe gar nicht gemerkt, dass es schon dunkel wird. Willst du nicht auch lieber zurück?", fragte Luna. „Wenn ich zurück gehen würde, käme ich nie wieder auch nur an den Rand der Höhle", murmelte Estrella traurig. „Was denkst du was deine Eltern sagen würden, wenn sie mich sehen?" „Oh... du könntest auch in der Hütte bleiben, wenn du magst", bot Luna an und war sich gar nicht sicher, ob das eine gute Idee war. „Am besten zeigst du mich deinen Eltern. Wenn sie mich so entdecken, wirst du großen Ärger kriegen", sprach Estrella entschlossen. „Ich weiß nicht, sie sind etwas schreckhaft, seitdem meine Schwester Anuk von Greifern gefangen wurde, aber sie wissen auch nichts von der Hütte", überlegte Luna laut. „Wir sollte es versuchen. Vielleicht kann ich ja von ihnen mehr über die Welt erfahren", entgegnete das Drachenmädchen. „Na gut", sagte Luna, „wir machen uns auf den Weg zu meinen Eltern." Beide liefen nebeneinanderher und Estrella blieb hinter den Bäumen stehen, als sie an Lunas Elternhaus angekommen waren. „Warte hier, ich bereite meine Eltern lieber schon mal vor, sonst bekommen sie den

Schreck ihres Lebens. Sie haben vorher noch nie einen Drachen gesehen", sagte sie und ging hinein. Estrella wartete geduldig und dachte darüber nach, was sie sagen sollte, wenn Lunas Eltern sie reinrufen würden. „Hallo Mum ..." Luna zögerte beim Eintreten. „Ja?", rief ihre Mutter.

„Mama, ich habe eine neue Freundin...", sagte Luna. „Das ist doch super! Wie heißt sie denn?" fragte die Hippogreifin. „Estrella", antwortete Luna. „Aha, und was ist sie denn für ein Wesen?", fragte Lunas Mutter. „Ähhh…, sie ist ein Drache. Aber sie voll nett!", sprudelte es aus Luna raus. Ihre Mutter lachte. „Schätzchen, Drachen gibt es nicht." „Doch!", rief Luna aus. „Hör auf mit dem Quatsch!", sprach ihre Mutter jetzt genervt. „Aber Mama, ich sage die Wahrheit!" Luna wurde langsam wütend, weil man ihr nicht glaubte. „Ja klar, komm setz dich und iss etwas", sagte ihre Mutter streng und ignorierte Lunas Ausbruch. „Sie steht draußen, darf ich sie reinholen?", fragte Luna hoffnungsvoll. Ihre Mutter seufzte. „OK, hol sie rein, aber dass sie mir ja nicht die Küche in Brand setzt", sagte ihre Mutter und lachte. Luna holt Estrella schnell herein. Beide warteten auf die Reaktion der Eltern. Ihre Eltern schauten das Drachenkind geschockt an. „Mama, Papa, das ist meine neue Freundin Estrella. Estrella, das ist meine Mutter Armanda und mein Vater Astor." Luna ignorierte den Gesichtsausdruck ihrer Eltern. „Hallo", kam es schüchtern aus Estrella ihrem Mund. Sie schaute Lunas Eltern vermutlich genauso geschockt an, wie diese den Drachen. Sie waren einfach gruselig mit ihren scharfen Krallen. Lunas Mutter sagte „All die Jahre, all die Jahre dachte ich, dass Drachen ausgestorben sind. Bist du die letzte deiner Art?" „Nein, es gibt noch insgesamt 50 Drachenfamilien. Der Rest wurde von den Wandlern vernichtet. Ich bin bis heute von meinen Adoptiveltern in einer Höhle eingesperrt worden", sprach jetzt Estrella etwas mutiger. Jetzt sprach auch Lunas Vater „Wandler? Was sind Wandler und warum wollen sie uns alle vernichten?", dabei sah er sie seltsam an. „Es sind Wesen, die sich in alle anderen Wesen verwandeln können. Sie sind die Wesen, die bisher von euch als Menschen bezeichnet werden." Estrella blickte traurig. „Erst Greifer, dann Wandler, wir sind verloren!", rief Armanda aus. Ihr Vater sagte: „Nein Schatz, wir geben nicht auf, wir kämpfen!" „Aber Papa, du hast Estrella doch gehört, diese

Wandler sind vermutlich noch gefährlicher als Greifer. Wir sollten erstmal Ruhe bewahren und uns überlegen, was wir tun können. Estrella, gibt es eine Möglichkeit sie zu besiegen?", erkundigte sich Luna. „Nein wir müssen kämpfen!" Astor wurde energischer und nahm beide Fäuste vor die Brust. Armanda fleht ihn an: „Nein, wir müssen hier weg! Estrella, wie weit sind sie schon?" „Sie haben fast alle Reiche schon erobert. Es sind nur noch fünf von den hundert Reichen übrig", erwiderte sie. An Astor gewandt sagte sie: „Ich war bisher immer in einer Höhle eingesperrt und habe es heute endlich geschafft zu fliehen. Ich habe nur meine Adoptiveltern davon reden gehört." Armanda hob die Augenbrauen und fragte „Adoptiveltern? Was ist denn mit deinen leiblichen Eltern passiert?" „Mama! Wir haben sie gerade erst kennengelernt, musst du ihr gleich so unangenehme Fragen stellen? Sorry Estrella, Mom ist manchmal etwas zu neugierig", sagte Luna aufgebracht. Lunas Eltern redeten noch kurz allein miteinander und stellten das Abendessen auf den Tisch. „Ist schon ok Luna", Estrella blickte zu Boden, nachdem Lunas Eltern in die Küche gegangen waren. „Ich weiß nicht, wer meine echten Eltern sind. Ich kann mich nicht mehr an sie erinnern." Armanda und Astor kamen wieder herein. „Hm, Luna kannst du mal ganz kurz raus gehen?", fragte Lunas Mutter. Sie zögerte kurz, doch dann kam ein knappes „OK...?" und ging aus dem Raum. „Luna hat eine kleine Schwester, von der sie nichts weiss. Sie wurde genau wie ihre große Schwester entführt. Es könnten die Wandler gewesen sein. Sie müsste ungefähr in deinem

Alter sein." Estrella sah sie verwirrt an, mit so etwas hatte sie nicht gerechnet. Luna hatte sich versteckt und kam jetzt mit wütendem Gesicht wieder vor. „Warum habt ihr nichts von ihr erzählt ?!", schrie sie ihre Eltern an und die Tränen liefen ihre Wange herunter. „Liebling beruhige dich, ich habe dir nichts von ihr erzählt, weil du sonst losziehen würdest, um sie zu befreien", wollte ihre Mutter sie beruhigen. „Wann war das eigentlich? Warum weiß ich nichts von ihr?", fragte Luna verwirrt und wütend. „Da warst du gerade mal zwei Jahre alt und noch zu klein, um dich zu erinnern", sagte ihre Mutter und versuchte Luna in den Arm zu nehmen. „Ich werde losziehen und sie suchen!", sagte Luna entschlossen. Ihr Vater brüllte; „Das wirst du nicht!" „Dein Vater hat recht, du würdest dich nur in Gefahr bringen!" „Ich werde sie finden, selbst wenn es das letzte ist, was ich tue!", schrie Luna und damit rannte aus dem Haus. „Ich halte sie auf", sagte Estrella und folgte Luna. Diese lief zu ihrer Hütte. Hier hatte sie auch etwas zu essen gebunkert, einen großen Rucksack und weitere Sachen. Sie packte Essen, Trinken, eine Taschenlampe, das Campingzelt, eine erste Hilfetasche, ein Taschenmesser, Streichhölzer, einen kleinen leichten Topf und eine Karte in den Rucksack und nahm zur Sicherheit noch den Schild mit. Mit Kayra hatte Luna damals öfters heimlich gezeltet. Einmal wären sie fast erwischt worden, aber sie konnten sich schnell verstecken. Plötzlich hörte Luna draußen ein Geräusch. „Luna", rief Estrella als sie an der Hütte ankam. „Ich weiß das du hier bist!" Estrella stand draußen und sah sie an. „Ich weiß, was du sagen willst, aber ihr könnt mich nicht umstimmen, ich werde meine Schwestern suchen. Weißt du, was ich glaube? Ich glaube die Greifer und die Wandler stecken unter einer Decke". sagte Luna nachdenklich. „Das könnte gut sein. Ich frage mich, ob meine Adoptiveltern vielleicht Wandler sind, denn sie haben mich ja anscheinend meinen Eltern weggenommen", überlegte Estrella. „Aber dann hätten sie dich ja auch verschleppt", sagte Luna. „Möglich wäre es, da sie mich in dieser Höhle gefangen gehalten haben", dachte Estrella weiter nach. Luna nahm sich ihren Rucksack „Ich gehe jetzt los, um Anuk und meine andere Schwester zu finden. Tja dann, bis die Tage Estrella" „Ich komme mit", sagte diese entschieden. „Ich weiß nicht..." überlegte Luna. „Ich lasse dich nicht alleine losziehen. Komm lass uns aufbrechen." Estrella ging los. „Aber wir wissen doch noch gar nicht wohin. Ich habe keine Ahnung, wo die Greifer Anuk hingebracht haben. Würde ich es wissen wäre ich schon hingegangen", sagte Luna. „Wir könnten versuchen meine Adoptiveltern zu belauschen. Aber das ist halt gefährlich", Estrella überlegte weiter. „Ich glaube es ist besser, wenn ich erstmal bei meinen Eltern die Ohren aufsperre, vielleicht bekomme ich dann heraus, wie meine jüngere Schwester heißt", gab Luna zurück. „Ok ich komme mit." Estrella und Luna marschierten zurück zum Haus. Ihre Eltern stritten sich im Haus lautstark, und sie hörten, wie Astor brüllte „Ich hätte Estrella abfangen sollen, bevor sie Luna in der Hütte entdeckt hat, dann hätten wir jetzt nicht auch noch unser letztes Pflegekind verloren." „Hast du das gehört? Heißt das, sie sind vielleicht Wandler, ich bin ihr Pflegekind und sie jagen dich? Und ich dachte sie wären meine echten Eltern", flüsterte Luna entsetzt. Sie hatte genug gehört. Leise schlich sie sich weg. Als sie außer Hörweite war, rannte sie weinend davon. Estrella dachte über die Worte des Vaters nach und kam zu den Schluss das Luna falsch liegen musste. Sie lief ebenfalls zur Hütte. Luna saß vor der Hütte und konnte nicht aufhören zu weinen. Plötzlich hörte sie draußen ein Geräusch. „Estrella? Bist du das?" sprach sie vorsichtig. Estrella war gerade an der Baumreihe vor der Hütte angekommen, da sah sie ihre Adoptiveltern hier landen und blieb vor Schreck stocksteif stehen. Auch Luna erstarrte, es war nicht Estrella. Zwei ausgewachsene Drachen landeten gerade. Vor Schreck rannte sie in die Hütte hinein, schnappte sich ihren Rucksack und drückte auf den versteckten Knopf hinter dem Regal. Es glitt zur Seite und gab einen Geheimgang frei. Zusammen mit Kayra hatte sie ihn gebaut. Es hatte sehr lange gedauert, aber als sie fertig waren, führte er aus dem Wald heraus. Als sie hinein ging, glitt das Regal zurück an seinen Platz und im Tunnel wurde es dunkel. Zum Glück konnten Hippogreife im Dunklen gut sehen. Luna lief los. Dabei fragte sie sich, wie die Drachen sie gefunden hatten. Auf dem Weg dachte Luna nach. *Konnte sie Estrella wirklich alleine lassen? Ihre neugewonnene Freundin? Vielleicht sollte sie umkehren.* Luna war auch eine Wandlerin. Sie hatte sich das lange nicht eingestehen können. Doch sie hatte es entdeckt, als die Greifer Anuk entführt haben. Vor lauter Panik und Angst war es passiert, sie hatte die Greifer ablenken können und ist so selbst geflohen. Es war also alles ihre Schuld, vielleicht hätte sie sich mehr anstrengen müssen, dann wäre auch ihre Schwester freigekommen. Bis heute hatte sie es sich nicht verziehen. Auch wenn Luna sich für ihre Fähigkeiten geschämt hatte, übte sie heimlich ein bisschen, da sie mit den Kräften anderer helfen wollte. Entschlossen drehte sie sich um und lief zurück zur Hütte.

Estrella sah, wie Luna in die Hütte rannte vor Angst. Sie musste etwas tun, dachte sie, wenn sie sich ihnen auslieferte, ließen sie Luna vielleicht in Ruhe. Sie lief auf sie zu und knurrte beim Näherkommen. „Ah da bist du ja Estrella. Du kommst sofort mit ohne Widerrede", sagte ihre Adoptivmutter. Sie schüttelte knurrend den Kopf. Währenddessen lief Luna Richtung Eingang, drückte den Knopf und trat zurück in die Hütte. Schnell öffnete sie die Tür. Was sie da sah, schockierte sie. Estrella stand knurrend vor den beiden Drachen. *Moment mal... Waren das ihre Adoptiveltern?*, fragte Luna sich. „Ich werde nie wieder zurückkommen!", schrie Estrella die beiden an. Luna musste sofort etwas unternehmen! Eilig schaute sie sich in der Hütte um. Was sollte sie nur tun? Ihnen einen Schild an den Kopf werfen? Sie hatte mal irgendwo gehört, dass Drachen Glitzer hassten. Also verwandelte sie sich in einen Menschen, holte die Glitzerkiste aus der Schublade und stellte sich vor die Drachen. „Hier, für euch!", sagte sie und zum Glück kam gerade in diesem Moment ein Windstoß und pustete den ganzen Glitzer zu den Drachen. Estrellas Adoptiveltern fauchten kurz und verwandelten sich in Greife. *Sie sind Wandler*, dachte sie entsetzt und sah dann zu Luna. *Diese war ebenfalls ein Wandler!* Luna war schockiert, denn plötzlich verwandelten sich die Drachen in ihre Eltern. „Ihr seid Wandler?", fragte sie entsetzt. „Ja sind wir!" sagte Armanda. „Seid ihr überhaupt meine Eltern?", fragte Luna und sah beide geschockt an. Armanda sprach: „Nein, wir sind nicht deine Eltern, wir haben nur eine eigene Tochter nämlich Sheila." „Was ist mit ihr passiert?", fragte Luna geschockt. Estrella brüllte ihre Adoptiveltern an, bevor sie antworten konnten: „Verschwindet einfach!" Astor brüllte zurück: „Sei still, du hast uns nichts zu sagen!" Luna rief: „Estrella komm, hier rein!" Sie deutete auf die Hütte. Diese hörte nicht auf sie und blieb stur stehen. „Estrella, komm schon, die sind gefährlich!", flehte Luna. Sie war schon an der Tür. Die Greife sprangen auf den jungen Drachen zu und auf einmal war sie in der Luft und schaute auf alle hinab. Luna starrte nach oben. Estrella schwebte ohne mit den Flügeln zu Schlagen. Sie sah nach unten und flog davon, um einen klaren Kopf zu bekommen. Hoffentlich folgte Luna ihr. Diese starrte ihr nach und wusste nicht, wie es möglich war ohne Flügelschlag zu fliegen. Sie verwandelte sich zurück, breitete ihre Flügel aus und flog ihr hinterher. Ganz ohne einen Flügelschlag schwebte Estrella auf eine kleine Höhle zu und landete dort. Luna folgte ihr und hoffte, dass dort keine Wandler leben würden. Vielleicht wollte Estrella jetzt etwas allein sein, überlegte Luna. Also landete sie einige

Meter vor der Höhle auf einer kleinen Lichtung. Sie war etwas erschöpft, da sie schon lange nicht mehr geflogen war. Die beiden Wandler waren zum Glück nicht gefolgt. Sobald Estrella gelandet war, fing sie an hin und her zu laufen. Sie versuchte sich zu beruhigen, machte es damit aber nur noch schlimmer. Ihr Herz pochte bis zum Hals. Dann fingen ihre Schuppen an hell zu glühen. Luna flog als sie das sah auf sie zu. „Estrella was ist mit dir?", fragte sie mit staunenden Augen. „Deine Schuppen! Und warum kannst du auf einmal ohne deine Flügel zu benutze fliegen?" Luna war sehr besorgt. Estrella konnte ihr nicht antworten, denn sie fing an sich zu verwandeln. Ihre neue Freundin starrte sie mit offenem Mund an . *Was passierte mit ihr?*, dachte Luna. Ihre Flügel wurden kleiner, die Schuppen verschwanden außer an den Augen, der Körper wurde menschlich, die Ohren spitz und auf ihrem Kopf bildeten sich winzige Hörner. Luna starrte sie weiter an. So ein Wesen hatte sie noch nie gesehen. „Was bist du?", fragte sie vorsichtig. Das wusste Estrella selbst nicht und sah sie nur erschrocken an. Aus der Ferne hörten beide das Brüllen der Drachen, die auf sie zuflogen und es waren diesmal mehr als zwei. „Was tun wir jetzt!? Kannst du fliegen?" Luna begann zu zittern. Eine unbekannte Macht ergriff von Estrella Besitz und sie schwebte auf die Drachen zu. „Estrella, was tust du?!", schrie Luna entsetzt. Aus ihr schossen Blitze heraus auf die Drachen zu. Luna starrte einfach nur zu ihr rüber. So langsam wurde ihr Estrella unheimlich. Was war bloß mit ihr los? Konnte der Tag noch verrückter werden? Sie war hin und her gerissen. Sollte sie abhauen und ihre Schwestern finden oder dableiben? Die Blitze ließen die Drachen ohnmächtig werden und zu Boden stürzen. Estrella flog zurück zur Höhle. Sie war sich nicht sicher, was hier gerade passierte. „Wie hast du das gemacht? Wer oder was bist du?", fragte Luna. „Weiß ich selbst nicht", gab ihre Freundin zurück. „Wir sollten jetzt los und meine Schwestern suchen", entschied Luna, denn das war das Einzige, was ihr einfiel und ihr jetzt wichtig erschien. „Ok", gab Estrella zurück. Besser schnell weg und zunächst nicht weiter darüber nachdenken. „Was meinst du, wo das Versteck der Wandler ist?", überlegte Luna laut und wandte sich an Estrella. „Hinter der Höhle meiner Adoptiveltern ist ein Gangsystem, das ich nie betreten durfte. Da könnte es sein." „Meinst du wir können hinein?", fragte Luna weiter. „Ich könnte uns vermutlich reinbringen", gab Estrella vorsichtig zurück. „Nichts wie hin!", rief Luna und beide beschleunigten ihren Flug. Als sie kurz vorm Ziel waren, hielt Estrella Luna auf. „Bist du dir sicher, dass du das wirklich willst?", fragte sie unsicher. Sie wollte nicht ihre gerade erst gewonnene Freiheit wieder verlieren, nur, weil sie in die Höhle des Löwen zurück gingen. „Was sollen wir sonst machen?", fragte Luna und funkelte aufgeregt und voller Eifer mit glühenden Augen. „Keine Ahnung. Ich weiß einfach nicht, ob es gut ist, wenn wir uns in die Höhle des Löwen wagen", gab Estrella zu bedenken. „Vielleicht, sollten wir uns etwas anderes überlegen", dachte Luna laut nach. Auf einmal hörten beide Gebrüll und sahen die Drachen Richtung Höhle fliegen. Sie schienen sie aber nicht zu sehen. „Entweder jetzt oder nie", flüsterte Estrella. „Jetzt!", rief Luna und war wild entschlossen ihre Schwestern zu retten. Beide flogen in die Höhle, bevor die Drachen sie entdecken konnten. „Schnell, wo ist das Tunnelsystem?", fragte Luna leise. Estrella flog voraus und kam schnell am Eingang an und flog hinein. Luna folgte ihr. Gemeinsam flogen sie durch den dunklen Tunnel und kamen in einem Raum voller verschiedener Wesen heraus. Schnell versteckten sich beide hinter einem großen Stein. „Erkennst du jemanden?", fragte Estrella Luna. Plötzlich sah Luna jemanden der etwas abseits stand und ihr sehr bekannt vorkam. Ein Hippogreifmädchen, das etwa in ihrem Alter war. *Moment mal,* dachte Luna, *das war doch Kayra!* Allmählich verstand Luna die Welt nicht mehr. Waren auf einmal alle Wesen Wandler? Erst Luna selbst, dann ihre vermeintlichen Eltern, dann die Entführer, Estrella und jetzt auch noch Kayra. Die Welt spielt verrückt. Estrella erkannte keines dieser Wesen. Aber Luna schien ihrem Blick nach zu urteilen, jemanden zu erkennen. „Erkennst du jemanden?", fragte sie noch einmal nachdrücklich. „Siehst du das Hippogreifmädchen, das dort abseits steht? Das ist Kayra meine beste Freundin. Aber ich wusste nicht, dass sie auch ein Wandler ist. Allerdings weiß ich auch nicht, ob sie noch auf meiner Seite ist. Vielleicht hat sie ihre Fähigkeiten auch erst entdeckt", sagte Luna und sah wieder zu Kayra. Irgendwie sah sie nicht wirklich glücklich aus, eher unsicher und unruhig als würde sie sich nicht wohlfühlen. Estrella ließ Luna ihren Gedanken nachhängen und schlich sich hinter einen anderen großen Stein, tiefer hinein in den nächsten Gang. *Was hatte Estrella jetzt vor? Wohin führt dieser Gang überhaupt,* überlegte Luna und folgte schnell. Kayra hatte wohl etwas bemerkt und sie gesehen. Als sie Luna erkannte lächelte sie. Sie lief so unauffällig wie möglich in den Gang hinein. „Luna? Was machst du hier? Bist du auch eine Wandlerin?", fragte sie neugierig. Luna war unsicher, ob sie ihr alles verraten konnte. „Ja, bin ich, aber seit wann bist du eine?", erwiderte Luna. „Schon immer glaube ich, ich habe es erst vor kurzem entdeckt. Und du?", fragte Kayra weiter. „Ich schon seit längerem", gestand Luna. „Naja, darüber reden wir später. Also wenn du eine Wandlerin bist, kannst du auch an unseren Treffen teilnehmen und deine Drachenfreundin ist sie auch eine Wandlerin?" Kayra schaute fragend in den Gang hinein, in dem Estrella verschwunden war. Luna sah ertappt zur Seite. „Halb so wild, es ist Ok das du eine neue Freundin gefunden hast." Kayra lachte. Jetzt war Luna etwas verunsichert. „Ist sie nun eine Wandlerin oder nicht?", fragte Kayra nochmal nach. Luna gab erst einmal keine Antwort und sah nach Estrella. Diese lief weiter, obwohl Luna ihr nicht gefolgt war. Sie kam in einen weiteren Raum der voller Folter Gegenständen war und an dessen Seiten sich Zellen befanden. „Estrella? Wo bist du?", rief Luna vorsichtig, *sie musste weiter gegangen sein*, dachte sie. „Kayra wohin führt dieser Gang?" „Keine Ahnung", sagte diese und folgte Luna die langsam weiter ging.

Währenddessen schlich Estrella zur vordersten Zelle und schaute durch das Loch in der Holztür. Luna und Kayra kamen jetzt auch in den Raum voller unheimlicher Geräte und Zellen. „Wusstest du von diesem Raum?", fragte Luna Kayra. „Nein", antwortete diese und war ebenso überrascht. „Was siehst du?", fragte Luna neugierig und trat neben Estrella. In der Zelle lag eine in sich zusammen gesunkene junge Hypogreifin. „Hallo, wer bist du?", flüsterte Estrella leise. Diese sah erschrocken auf und antwortete leise: „Ich heiße Anuk." Luna hatte mitgehört und rief aufgeregt durch den Spalt: „Anuk, ich bin es, Luna, deine Schwester!" Estrella ließ Luna den Vortritt und ging zur zweiten Zelle und schaute hinein. Hinter der zweiten Zelle saß noch eine Hypogreifin. Sie fragte auch hier nach deren

Namen „Ich heiße Nala",
antwortete diese. An der dritten
Zelle angekommen, schrie Luna
auf. Kayra hatte sie von hinten
gepackt. „Kayra, was soll das?",
rief Luna entsetzt. Sie war
verwirrt. Ihre Freundin rief nach
oben: „Hier unten sind
Eindringlinge!" An Luna
gewandt sagte sie: „Ich bin
keine Wandlerin. Ich wurde nur
nicht eingesperrt oder getötet,
weil ich mich ergeben habe und
ihre Dienerin wurde." Luna war
sprachlos. „Aber Kayra, ich
dachte, wir sind Freundinnen!
Erinnerst du dich nicht mehr an
die Zeiten, als wir mit einem
Metallschild den Berg hinunter
gerodelt sind oder als wir beide
in monatelanger Arbeit die
Hütte zusammengebaut haben?
Wenn du uns hilfst, die bösen
Wandler zu besiegen können
wir das alles wieder machen",
flehte Luna sie an. Luna sah ihr
tief in die Augen. „Alles könnte

wieder so schön wie früher sein." „Nein das wird es nie wieder", sagte Kayra unbeeindruckt. „Zumindest nicht ohne deine Hilfe", versuchte Luna es weiter. „Nein", wiederholte Kayra. Bevor die Wandler unten ankamen, hat Estrellas Instinkt übernommen und sie wurde wieder dieses seltsame Wesen. Blitze schossen aus ihr heraus und ließen alle außer Luna ohnmächtig werden. „Was jetzt?", fragte Luna atemlos. Sie stand noch unter Schock. Reglos und unfähig etwas zu tun. „Wir holen die Gefangenen raus!" Estrella fing an, die erste Zelle zu öffnen. Luna machte es ihr nach. Sie kamen schnell voran, doch gerade als sie die letzte Zelle öffneten, kamen die Wandler in den Raum geeilt. „Schnell, hier rein!", rief Luna. Alle zusammen rannten in die letzte dunkle Zelle. Sie hörten, wie die Wandler hereinstürmten, aber keine Eindringlinge entdecken konnten. Einer murmelte: „Das wird sie bitter bereuen uns hereingelegt zu haben." Luna hatte Kayra schnell hochgehoben und mit in die Zelle getragen. „Das war knapp, kommt schnell, wir müssen hier raus", flüsterte Luna und lief vor. Sie schlichen sich durch den Gang zurück zum großen Raum. Es waren nur noch zwei Wandler da. „OK, ich lenke sie ab und ihr haut ab." Luna machte sich bereit. Estrella wollte ihr widersprechen, doch ignorierte diese ihre Freundin einfach. Also lief sie mit den Gefangenen hinaus aus der Höhle Richtung Wald. Sie brachte die anderen schnell zu der Hütte und flog zurück zur Wandlerhöhle. Gleichzeitig spazierte Luna zu den beiden Wandlern, um sie abzulenken. Gespielt gelassen sagte sie: „Hi!" Der erste Wandler, in Form eines Zentauers, fragte: „Was willst du und wer bist du?". Der zweite Wandler, der ein Gnom war, fragte: „Bist du ein Wandler?" Luna antwortete brav: „Ich bin Luna und ja ich bin ein Wandler." Luna teilverwandelte sich in einen Menschen. Der Zentauer fragte: „Machst du bei der Versammlung mit?" Luna überlegte, denn das war ihre Chance, mehr über die Pläne der Wandler zu erfahren. „Darf ich denn?", fragte sie daher. Der Gnom antwortete: „Hast du es nicht gehört? Alle Wandler sollen teilnehmen" „OK und wann soll ich da sein?", fragte Luna noch schnell. Währenddessen versperrte sie gleichzeitig den Ausgang damit die anderen die Höhle verlassen konnten. Der Zentauer sagte: „In einer Stunde und ach, ich bin übrigens Ferenze". Der Gnom sagte „Und ich bin Otto. Also kommst du?" „Ja klar!", sagte Luna. Der Gnom sagte daraufhin: „Gut, dann bis in einer Stunde." Luna flog aus der Höhle. Estrella sah, wie Luna aus der Höhle flog und wartete versteckt hinter ein paar Bäumen auf sie. Luna landete und entdeckte sie gleich. „Estrella, in einer Stunde treffen sich sämtliche Wandler, wenn wir daran teilnehmen, erfahren wir mehr über

ihren Plan. Wie geht es den Befreiten?" „Ich habe sie zur Hütte gebracht. Es ging den meisten ganz gut, aber manche waren auch verletzt", gab Estrella besorgt zurück. „Was machen wir jetzt mit ihnen? Wenn die Wandler sie finden, bringen sie sie entweder um oder foltern sie." Luna lief auf und ab und dachte nach. „Wir lassen sie erst einmal bis nach der Versammlung in der Hütte", sagte Estrella. „Soll ich eigentlich mitkommen?" „Also, er sagte alle Wandler sind eingeladen, also ...ja" „antwortete Luna. „Aber sie könnten mich doch erkennen." Daran hatte Luna nicht gedacht. „Vielleicht können wir uns auch in andere Tiere verwandeln", überlegte Luna laut. „Ich weiß aber nicht, wie es geht. Beim letzten Mal ist es einfach passiert", sagte Estrella. „Ich komme aber mit und versuche alles." „Vielleicht, müssen wir uns nur vorstellen, ein anderes Wesen zu sein", sagte Luna. Sie probierte es beide aus und es funktionierte tatsächlich. Luna schloss ihre Augen und stellte sich vor, wie sie sich in ein Einhorn verwandelte. Als sie die

Augen wieder öffnete sah sie, wie Estrella sie mit großen Augen anstarrte. Luna sah an sich hinunter und sah, dass sie sich wirklich verwandelt hatte. Nun versuchte ihre Freundin es auch und verwandelte sich aber nicht in ein Einhorn, sondern hatte noch zusätzlich Flügel und ein zweites Horn. Ihr Fell war rabenschwarz und ihre Mähne und ihr Schweif schimmerten mit silberschwarzem Glitzer. „Uns wird niemand erkennen", lächelte Luna zufrieden. „Ich habe gar nicht gemerkt wie die Zeit vergangen ist, wir müssen los". Sie flogen beide los. Das Erste, was sie sahen, als sie in der Höhle ankamen, waren die vielen Wesen, die dicht an dicht in der großen Halle standen. In der Mitte war eine Art Podest aufgestellt. Für den Anführer der Wandler vermutete Luna. Die Drachen betraten die Höhle und ließen sich auf den Thronen nieder. Alle verbeugten sich. Die Mädchen taten es ihnen gleich. Es waren die selben Drachen, die sich als Estrellas Adoptiveltern ausgaben und gemeinsam mit Luna als Hippogreife gelebt hatten. *Moment mal*, dachte Luna, *heißt das, dass diese Drachen die Anführer der Wandler waren?! Hatten sie ihre eigenen Kinder eingesperrt? Hatten sie all die Jahre zusammen mit den Anführern zusammengewohnt? Das ist echt verrückt.* „Erhebt euch", sagte ein weiblicher Drache, der auf einem Thron saß. „Wir haben große Neuigkeiten für euch. Unser Adoptivkind ist erwacht, sie ist jetzt fast im Vollbesitz ihrer Kräfte, aber sie ist noch nicht auf unserer Seite, da sie entführt wurde und man ihr Lügen über uns erzählt hat." Die Wandler keuchten erschrocken auf, sie waren beleidigt von der

Dreistigkeit solch einer Entführung und der Lügen die angeblich erzählt worden waren. „Ihr müsst sie finden sonst ist die Welt verloren, nur sie kann alle noch retten. Die Wandlergötter haben einen weiteren Teil der Wesen gefangen genommen und sich ihr Land zu Eigen gemacht. Wir müssen sie aufhalten sonst nehmen sie uns alle gefangen", sagte nun ein anderer Drache. „Diese Lügner", flüsterte Luna so leise, dass nur Estrella es hören konnte. „Wer hat gerade behauptet das wir Lügner seien?", schrie eine der Drachendamen. Die Menge teilte sich und gab Luna frei. Jetzt war ein guter Zeitpunkt, um zu verschwinden. Luna rannte los. „Haltet sie!", schrieen die Drachen. Aber es war zu spät, sie war schon aus der Höhle heraus, stellte sich ihre Gestalt mit Flügeln vor und flog los. Im Sturzflug flog sie auf den Wald zu, landete und verwandelte sich in einen Gnom. Sie würden sie nicht bemerken, es gab hier viele Gnome. Estrella tat so, als ob sie ebenfalls die Verfolgung aufnahm, schaffte es aber nicht, weil nur wenige Wandler zur Jagd rausgelassen wurden. Sie saß also in der Höhle fest. „Wandler, begebt euch alle auf die Jagd. Findet meine Adoptivtochter und kommt erst wieder, wenn ihr sie gefunden habt", sagte Armanda mit wütender Stimme, sie war wütend, weil Luna entkommen war. Die Wandler bewegten sich aus der Höhle. Estrella tat es ihnen gleich und flog los, sobald sie draußen war. In einem großen Bogen flog sie zur Hütte, um zu verhindern, dass die anderen Wandler zu genau hinschauten. Luna war mittlerweile in der Nähe der

Hütte gelandet und wollte erst einmal nach den Befreiten sehen. Eigentlich war das zu gefährlich, da die Wandler sie dabei sehen könnten. Sie beschloss, in der Nähe eine kleine Höhle oder ähnliches zu suchen, um sich zu verstecken. Estrella landete vor der Hütte und hielt nach Luna Ausschau. Diese sah während ihrer Überlegungen, dass ihre Freundin gerade landete und flüsterte leise: „Estrella, psst, ich bin es." Sie hörte Luna, bevor sie sie sah, ging in ihre Richtung und fragte besorgt: „Geht es dir gut?" Luna kam aus ihrem Versteck und Estrella berichtete von den Ereignissen. „Die Drachen haben ihren Anhängern aufgetragen mich zu jagen. Wir müssen mit den Befreiten weiterziehen, bis wir eine Lösung gefunden haben. Lass uns am besten jetzt Vorräte sammeln und dann aufbrechen"

„OK, aber wo sollen wir hin? Ich kenne nichts anderes außer diesen Wald", sagte Luna und blickte sich suchend um. „Ich auch nicht. Lass uns Richtung Berge ziehen, da können wir uns besser verstecken", schlug Estrella vor und flog schnell los, um Vorräte zu sammeln. Als sie alle Vorräte beisammen hatte flog sie zurück zur Hütte. Luna war währenddessen in die Hütte gelaufen, um nach den Befreiten zu sehen. „Hört mal alle her!", rief sie laut. Die Gespräche verstummten. Alle starrten sie an. Ihr fiel ein, dass sie immer noch ein Gnom war, also verwandelte sie sich schnell zurück. „Estrella sammelt gerade Vorräte, wir ziehen gemeinsam in Richtung der Berge, dort werden sie uns nicht so schnell finden", erklärte Luna den Wesen ihren Plan. Plötzlich hörte sie draußen ein Geräusch. Luna ging an die Tür und spähte hinaus. Vorher verwandelte sie sich wieder in einen Gnom. Luna sah Estrella landen und fragte „Hi, hast du alles wichtige gefunden?" „Ja. Sind alle bereit? Was für Wesen sind es eigentlich?" „Drei Hippogreife, ein Gnom, zwei Einhörner, ein Pegasus und eine Dryade", antwortete Luna. „Sind alle bereit?", rief Luna in die Hütte hinein. Da meldete sich die Dryade zu Wort „Wenn es euch nichts ausmacht, würde ich gerne wieder zurück in den Wald. Ich fühle mich zwischen so vielen Fremden nicht wohl." Luna wollte gerade etwas erwidern, doch da war sie schon verschwunden. Es war aussichtslos ihr zu folgen. Also machten sich alle zusammen auf den Weg. Sie flogen über Wälder, Wiesen, Hügel und kamen irgendwann endlich in den Gipfeln an. Gemeinsam landeten sie auf einem größeren Vorsprung, den man am Berg kaum erkennen konnte, da es schon so dunkel war. „Sind alle vollzählig?", fragte Luna und zählte nach. „Alle da", sagte sie daraufhin. Estrella wollte wieder losfliegen um eine Höhle für alle zu finden. „Estrella, warte! Es ist nicht sicher so alleine!", rief Luna entsetzt hinterher als sie merkte, was Estrella vorhatte. Sie flog einfach weiter, was sich aber als Fehler entpuppte. Zwei feindliche Drachen entdeckten sie und kamen direkt auf sie zugeflogen. Luna war gefolgt und sah die beiden Drachen ebenfalls. „Estrella, hau ab!", rief sie, aber sie konnte sie kaum hören. Sie verwandelte sich wieder in das seltsame Wesen und es schossen Blitze aus ihren Händen. Luna sah wie die Drachen zu Boden fielen und flog außer Atem zu ihrer Freundin. „Was machen wir jetzt?", fragte sie, „sollen wir weiter oder hierbleiben? Wir müssen uns entscheiden, weiter fliehen oder kämpfen!" „Wir bleiben hier und verteidigen uns! Los lass uns einen Unterschlupf suchen gehen", entschlossen flog Estrella voraus. Sie flogen eine Weile um den Berg herum und fanden eine Höhle. Estrella wollte schon hinein, aber Luna hielt sie zurück. „Warte, was ist, wenn da drin etwas gefährliches ist?", fragte Luna ängstlich. Sie hatte für heute genug von Überraschungen. „Da wird schon nichts sein", gab Estrella zurück und ging voran. Luna wartete vor dem Eingang, bereit im Notfall einzugreifen oder Hilfe zu holen. Zum Glück war es eine ganz normale Höhle und beide holten die anderen nach. Es gab keine verdächtigen Spuren und so machten sie ein Feuer. Estrella war müde und ausgelaugt, durch die viele Magie und schlief fast augenblicklich neben dem Feuer ein. Luna saß neben ihr, als zwei der Hippogreifen zur ihr kamen. Es waren beides Mädchen, eine war etwas älter und die andere eher jünger. „Anuk!", rief Luna lauter als sie wollte. Auch ihre Schwester erkannte sie wieder. „Luna, ich dachte ich sehe dich nie wieder! Danke, dass ihr mich und die anderen befreit habt. Aber was war mit dir und Kayra los? Ich dachte ihr wärt beste Freunde", sprudelte es aus Anuk hervor. „Kayra hat sich gegen mich gestellt, wir sind nicht mehr auf derselben Seite. Sie arbeitet jetzt für die anderen. Aber wer ist das neben dir?", fragte Luna neugierig. „Das ist Sheila, unsere kleine Schwester", sagte Anuk. Da erinnerte Luna sich an das furchtbare Gespräch mit den Drachen, die eigentlich

Wandler waren. „Nein, sie ist nicht unsere Schwester. Unsere Eltern waren nicht unsere leiblichen Eltern. Sie sind die Anführer der Wandler und Estrellas und unsere Adoptiveltern. Sie haben uns verraten, dass Sheila ihre einzigste Tochter ist", fauchte Luna. „Ich habe mich gegen sie gestellt!", gab Sheila energisch zurück. Luna und Anuk redeten eine Weile. Aber Luna musste zugeben, dass sie ihr Herz offen halten sollte. Und so akzeptierte sie ihre neue kleine Schwester als ein Teil ihrer Familie. „Aber was ist dann mit unseren und den Eltern der anderen Wesen passiert?", fragte Anuk etwas später nachdenklich. „Wir wissen es nicht", antwortete Luna. Nach einer Weile wandte sich Luna an Anuk: „Wer ist eigentlich die dritte Hippogreifin?" Sie sahen zu ihr hinüber. Sie sah älter und mitgenommener aus als alle anderen und schlief gerade. „Das wissen wir nicht, aber sie war deutlich länger gefangen als wir", sagte Anuk. Da kam eines der Einhörner hinzu und sagte: „Ich habe sie in der Hütte bei Licht gesehen und sie sieht euch beiden sehr ähnlich." Die Schwestern starrten erst das Einhorn an und dann die Hippogreifin. Konnte das möglich sein? War das vielleicht ihre Mutter? „Ich bin übrigens Estor und das andere Einhorn ist meine Frau Alana, sie ist trächtig", stellte das Einhorn sich und seine Frau vor. Luna schaute genauer hin, tatsächlich, ihr Bauch war recht dick, obwohl sie selbst ziemlich dünn und zierlich war. Sicher sah sie sehr schön aus mit ihrer langen weißen Mähne, dem langen Schweif, hellweißen Fell und silbernen Horn. Doch jetzt waren ihre Mähne und Schweif verfilzt und ihr Fell schmutzig und matt. Ihr Mann sah nicht viel besser aus. Seine grüne Mähne und sein Schweif waren genauso verfilzt und sein gelbes Fell genauso schmutzig. „Der Pegasus heißt übrigens Hermes. Er ist erst vor kurzem gefangen wurden", erzählte Estor. Luna sah zu ihm. Er sah nicht so abgekämpft aus wie die anderen, hatte eine dunkelblaue Mähne und einen dunkelblauen Schweif, sein Fell war hellblau, fast türkis und seine Flügel himmelblau. Auch der Pegasus schlief. Estrella wachte auf und sah, dass Luna sich mit den Einhörnern unterhielt. Sie stand auf und gesellte sich zu ihnen. „Estrella, das sind meine Schwestern Anuk und Sheila, der Hippogreif dort könnte meine, äh unsere Mutter sein." Luna war ganz aufgeregt. Estrella sah alle verwirrt und verschlafen an. „Das Einhorn, also Estor hat uns erzählt, dass er die Hippogreifin bei Licht gesehen hat und gesagt, sie würde genauso aussehen wie Anuk und ich", erklärte Luna. „Ok", erwiderte Estral und sah sich die Hippogreifin genau an. Estrella ging auf die Hippogreifin zu und legte ihre Hand vorsichtig auf ihren Rücken. Sie wollte sie für Luna fragen, ob sie wirklich ihre Mutter war. Sie sah verwundert erst Estrella, dann die anderen an und erschrak. „Estrella, bist du es?", fragte sie. Sie sah zu Luna und ihre Schwestern „Luna, Anuk seid ihr es meine Kinder?", fragte sie hoffnungsvoll. Estrella wich verwirrt vor ihr zurück. Sie schien sie mit jemandem zu verwechseln. Schnell ging sie zum Ausgang der Höhle, um sie nicht weiter zu verwirren und einen klaren Gedanken zu fassen. Anuk und Luna traten vorsichtig zu der Fremden. „Ja,

ich bin Luna und das ist Anuk."
Luna wusste gar nicht, was sie
noch sagen sollte. Die
Hippogreifin schaute beide
liebevoll an. „Ich bin Nala, eure
Mutter". Luna konnte es kaum
glauben. Nach all den Jahren
bei falschen Eltern sollte sie jetzt
ihre Mutter gefunden haben?
„Wie geht es dir?", war das
einzigste was Luna jetzt zu
sagen einfiel. „Ich bin sehr
müde, aber froh, dass ihr mich
befreit habt", sagte sie lächelnd.
„Woher kennst du Estrella?",
fragte Anuk ihre Mutter. „Sie
sieht aus wie eure jüngste
Schwester. Ich habe sie in
meiner Zelle bekommen und sie
wurde mir weggenommen."
Leid und Trauer sprachen aus
ihrer Stimme. „Aber sie ist ein
Drache", sagte Luna verwirrt zu
ihrer Mutter. „Meine Jüngste ist
ein Wandler." Die Greifin sah
zum Höhleneingang. „Estrella,
komm doch mal bitte!", rief

Anuk. „Was?", fauchte diese, da sie gerade in Gedanken war. „Estrella, du bist meine Tochter", sagte die Greifin. „Nein bin ich nicht, dass kann nicht sein." Sie drehte sich wieder um, ging wieder zum Eingang der Höhle, breitete die Flügel aus und flog. „Was hat sie denn?", fragte Anuk Luna. „Ich weiß es nicht", antwortete Luna kopfschüttelnd.   „Lass sie, vielleicht war das alles zu viel für sie", sagte Nala. „Vielleicht hast du Recht Mutter", sprach Luna, machte sich aber Sorgen um ihre Freundin, die jetzt auch ihre Schwester war.   „Was ist eigentlich mit unserem Vater passiert?" Anuk blickte ihre Mutter fragend an. Diese wurde sehr traurig. „Er hat gegen die Wandler gekämpft und sie haben ihn gefangen genommen." Tränen stiegen ihr in die Augen. „Ich war dabei, ich habe es gesehen, ich habe alles gesehen", sagte sie. Auch Anuk und Luna kamen die Tränen. „Vielleicht sollte ich Estrella hinterher fliegen", sagte Luna. Sie verwandelte sich in ein geflügeltes Einhorn und flog los. Ihr Horn zeigte ihr, in welche Richtung sie musste. Estrella flog und merkte nicht, dass sie sich wieder in das Wesen verwandelt hatte. Sie bemerkte auch nicht, dass sich ein Einhorn näherte. Sie spürte wie sich in ihrem Inneren etwas regte, eine Macht, von der sie bisher nichts gewusst oder gespürt hatte. Sie drehte sich um, da sie hinter sich eine Bewegung spürte „Estrella warte, du fliegst zu weit weg!", rief Luna und dann: „Komm wieder mit zurück!" „Nein!" Estrella schüttelte den Kopf. „Was ist los?" Luna verstand es einfach nicht. „Ihr habt Lügen erzählt!", sagte sie bissig. „Welche Lügen?" Jetzt war Luna völlig verwirrt.

„Estrella, hier draußen ist es nicht sicher, komm bitte wieder zurück in die Höhle" „Als ob diese seltsame Fremde mit mir verwandt wäre…" Estrella zweifelte immer noch. „Um ehrlich zu sein, ich weiß jetzt auch nicht so richtig, was ich denken soll", gestand Luna. „Das kann nicht stimmen, sonst hätte ich nicht so seltsame Kräfte", sagte Estrella. Luna überlegte und fragte sich warum die Greifin sich so sicher war. „Stimmt. Vielleicht verwechselt sie dich oder ihr Kind ist schon bei der Geburt gestorben und sie hat es nicht verkraftet. Besser wir reden noch mal mit ihr", gab Luna nun zu bedenken. Estrella pflichtete ihr bei und sie flogen zurück zur Höhle. Sie landeten und blieben in der Nähe der Greifin stehen. Luna verwandelte sich zurück in einen Hippogreifen und ging langsam auf Nala zu. Diese sah

Luna fragend an. „Bist du dir sicher, dass Estrella auch deine Tochter ist? Ist es sicher, dass du sie nicht mit jemanden verwechselst?" Luna wollte nicht unhöflich sein, aber die Wahrheit wissen. Estrella sah von Weitem bei dem Gespräch zu. „Ja ganz sicher. Sie hat dieselben Augen und die gleiche Ausstrahlung. Sie ist eure Halbschwester", sagte sie traurig. „Aber wie ...Aber was ...", stammelte Luna. „Wer war ihr Vater? ", fragte Luna dann vorsichtig. „Euer Vater ist in den Händen ihres Vaters. Ich vermute, dass er schon tot ist, da er es fast war, als wir uns zuletzt sahen", sagte die Greifin und erzählte damit die ganze Wahrheit. „Das heißt ... Estrellas Vater war ein Drache?", fragte Luna etwas verwirrt. „Nein, ein dunkler Gott." Die Greifin, ihre Mutter, hing ihren Gedanken nach. Luna hatte keine Ahnung, was das war. Von solchen Wesen hatte sie noch nie gehört. Sie überlegte dann: „Aber was könnten wir tun, um ihn und die anderen Wandler aufzuhalten?", fragte Luna. „Er ist kein Wandler. Aber er befehligt die Wandler, um Estrella zu bekommen." Die Greifin schaute ihre jüngste Tochter an. „Aber warum?", fragte Anuk, die sich nun einmischte. „Was hat er mit ihr vor?" „Die Wandler werden aufhören uns zu folgen, wenn Estrella sich als seine Erbin akzeptiert. Damit wäre sie die spätere Herrscherin der Reiche, wenn sie 18 Jahre alt geworden ist." Die Greifin schien diesen Gedanken überhaupt nicht gut zu finden. Jetzt war Luna vollkommen baff. „Estrella, was sagst du dazu?" Sie stand in der Ecke der Höhle und war ebenfalls sprachlos. In diesem Moment tauchte wie aus dem nichts ein Wesen mit überirdischer Aura in der Höhle neben Nala. Estrella war sofort in Kampfbereitschaft, doch Nala stellte sich vor das Wesen. „Dorgian. Bist du hier, um sie zu holen?", fragte die Greifin ängstlich. Das Wesen starrte sie an „Ja" „Das kann ich nicht zulassen" sagte Nala. „Sie ist die Erbin. Sie wird einmal das Land regieren", fauchte Dorgian. „Aber sie ist erst 13, sie ist viel zu jung!", rief Nala. „Nein sie kommt mit mir. Ich werde sie ausbilden", fuhr er sie an und seine Macht fesselte sie augenblicklich am Boden fest. Luna zögerte. Wenn sie versuchen würde zu kämpfen, würde er sie wahrscheinlich alle umbringen. Aber wenn sie nichts tat, dann nahm er ihre Freundin mit. Sie war hin und her gerissen. Estrella spürte, wie sie sich wieder veränderte, doch diesmal war es anders. Aus ihrem Rücken schossen silberne Schwingen, aus ihrem Kopf ein goldenes Kronengeweih, ihre Ohren wurden klein und spitz mit silbernem Fell und ihr Gesicht schimmerte silbern. Bevor sie auf ihre Veränderung reagieren konnte, schoss ihr Körper nach vorne und Blitze fuhren in Richtung des Gottes, ihres Vaters. Sie sah, dass sie ihr Ziel getroffen hatte. Ihr Vater sah kurz verwirrt aus, doch dann sackte er zusammen und blieb reglos auf dem Boden liegen. Luna war, wie alle anderen auch sehr überrascht. Die Fesseln, die Nala am Boden hielten, lösten sich auf. *Ist er ....,* dachte Luna. Estrella war erschrocken darüber, dass die Blitze stärker waren als sonst. Sie näherte sich diesem Gott und sah, dass er sich wieder regte und machte sich bereit für den nächsten Kampf. Luna starrte zuerst auf Estrella und dann auf dieses fremde Wesen. Anscheinend war er doch kein Gott, sonst hätte ein Kind ihn nicht einfach so umhauen können. Sie fragte sich, ob Estrella ihn ganz besiegen kann, dann war sie die Herrscherin und alle wären gerettet. Das dunkle Wesen machte Anstalten wieder aufzustehen, aber Estrella setzte ihn mit einem weiteren Blitz außer Gefecht. Luna verwandelte sich in ein geflügeltes Einhorn und ließ ein Seil aus Magie entstehen, mit dem sie den Gott fesselte. „Was machen wir jetzt mit ihm?", fragte Luna in die Runde. „Hinaus werfen!", schlug der Gnom vor. „Ganz weit weg von hier bringen und ihn an einen Baum hängen", überlegte Hermes. Estor hatte eine andere Idee. „Auf ihm herumlaufen bis er platt ist!" „Estrella, du solltest entscheiden was mit ihm passiert. Schließlich ist er wegen dir gekommen und es ist dein Vater", richtete sich Nala jetzt an ihre Tochter. Plötzlich stand er wieder auf, löste mit seiner Macht die Fesseln und drehte sich zu Estrella um. Doch bevor er etwas sagen konnte, schoss sie weitere Blitze auf ihn ab. Aber diesmal war er gefasster und wehrte sie ab. „Ah du bist sogar noch stärker als ich. Aber unerfahren und ungelenkt. Du hast noch nicht mal 5% deiner eigentlichen Kraft entfaltet", sagte er lachend. Jetzt wurde Luna langsam sauer. Sie verwandelte sich durch ihren Zorn in ein riesiges wolfsähnliches Wesen mit langen Fangzähnen, scharfen Krallen und rotglühenden Augen. Alle sahen sie erschrocken an. Sie sprang auf den Gott zu und riss ihn zu Boden.Dieser betäubte sie mit seiner Macht und sie fiel zu

Boden. „Entweder du hörst mir zu oder es werden noch mehr verletzt", wandte er sich jetzt an seine Tochter. Luna lag auf dem Boden und konnte sich nicht mehr bewegen. Estrella nickte, um Luna zu beschützen. Diese wollte lieber kämpfen, aber sie konnte sich nicht bewegen, egal wie sehr sie es versuchte. „Du kannst bist du 18 bist bei deiner Mutter bleiben. Ich werde die Wandler zurückrufen. Du wirst jede Woche einmal von mir unterrichtet, ansonsten musst du mich, bis du 18 bist, nicht sehen", sagte er. Kurz dachte sie nach, das war eine Option, bei der keiner verletzt werden würde. Estrella nickte und er verschwand wieder. Luna spürte, dass sie sich wieder bewegen konnte und stand auf. „Was war das denn?", so etwas seltsames hatte sie noch nie erlebt. Erst wollte er ihnen schaden, dann erklärte er, was er wollte, machte ein Angebot und verschwindet wieder. „Ich werde tun, was er will, solange die Wandler verschwinden." Es war nicht Estrella ihr Wunsch, aber wenn sie so ihre Freunde und die anderen Wesen schützen konnte, war es richtig. *Es ist ihre Entscheidung*, dachte Luna. Die beiden Schwestern sahen sich an und dachten an all die Jahre, die Estrella noch teilweise frei sein konnte.

Das alles war nun schon 5 Jahre her und ihre Kräfte sind merklich stärker geworden. Es war kurz vor Estrellas 18. Geburtstag. Sie hatte nicht vergessen, was der Gott gesagt hatte, wollte aber die anderen mit ihren trübsinnigen Gedanken nicht belasten. Sie wollte nicht zu ihm und erst recht nicht über die Reiche und die Wandler herrschen. Er hatte sein Wort gehalten und seine Wandler zurückgerufen, momentan lebten also alle in völligem Frieden. Was ihre Familie anging, nun ja Anuk und Luna sind für Estrella echte Schwestern geworden. An ihre Mutter hatte sie sich langsam gewöhnt. Sie ließ die Vergangenheit ruhen und akzeptierte Nala als ihre Mutter. Sheila, die zunächst bei ihnen bleiben wollte, ist zu ihren leiblichen Eltern zurückgekehrt und hat ihnen verziehen. Sie mussten sich ein neues Zuhause suchen, da sie immer noch etwas Angst vor den Wandlern hatten. Sie bauten eine große Hütte. Die Befreiten hatten sich ganz in der Nähe ihres Heims niedergelassen und ein neues Leben begonnen. Es könnte nicht perfekter sein. In Gedanken versunken merkte Estrella gar nicht, dass Luna neben ihr stand. „Was ist los?", fragte sie. „Ich spüre, wie die

Macht in mir immer stärker pulsiert." Estrella blickte ganz unglücklich. „Kommst du damit klar? Also mit deinen starken Kräften?" Luna war jetzt besorgt. „Ja schon, aber ich habe Angst davor von hier wegzugehen. Die Kräfte pulsieren nur, dass soll sich irgendwann geben hat der Gott gesagt." Sie mochte ihn nie Vater nennen. Die nächsten Tage vergingen und an ihrem Geburtstag kam der Gott und forderte sein Recht. „Es ist Zeit", sagte er. Sie folgte ihm wortlos und er brachte seine Tochter in sein Reich. Als ihr die Krone von ihm auf den Kopf gesetzt wurde, verfluchte sie ihn innerlich und dieser Fluch wurde zur Wahrheit. Sie wusste nicht wie, aber ihr Herz lenkte die Kräfte in ihr. Er würde nie wieder Wesen weh tun können bis zum Ende seiner Tage. Sie ging fort, da er sie dank des Fluches zu nichts mehr zwingen konnte. Regieren musste sie trotzdem, doch das konnte sie jetzt mit ihrer Familie an ihrer Seite tun.

Ende